転生令嬢は庶民の味に飢えている 1

Regina

RB

レジーナ文庫

スチュワード
エリスフィード家当主で、クリステアの父。娘に甘く、クリステアの料理のおかげで和食党に。
アンリエッタ
クリステアの母。娘が調理場に立つのを外聞が悪いと思っているが、美味しいものには目がない。
ノーマン
クリステアの兄で、普段は王都に滞在している。妹想いで優しい。
クリステア
美味しいご飯のためなら努力を惜しまない公爵令嬢。前世は日本の下町暮らしのOLだった。

転生令嬢は庶民の味に飢えている 1

第一章　転生令嬢は、覚醒する。

なんということでしょう。

ドリスタン王国の公爵家令嬢である私、クリステア・エリスフィードは前世の記憶を思い出してしまいましたわ。

前世は異世界――日本という国の住人だったようです！

記憶を思い出した途端、あまりの情報量に僅《わず》か八歳の私はショックで熱を出し、数日間寝込んでしまいましたの。

今もこうして自室のベッドで横になっていますが、ようやく高熱から回復して少し落ち着き、前世のことをゆっくり考える余裕ができたのです。

なーんてね？　がっつりしっかり思い出したってんですよ！

前世の私は日本人。下町暮らしのＯＬだった。ラノベやアニメが大好きだった私は、

「とっても美味しそう……」

ホカホカと湯気を立てるそれは、すごく食欲をそそる。

「クリス……こほん、お嬢様。私が先にいただきますから少しお待ちくださいませね」

ミリアはそう言ってスティックを手に取り、一つに刺して、慎重に口に入れた。

「……っ！　熱っ!?」

熱々のそれを一口で頬張ったせいで、目を白黒させるミリア。

そんなミリアを見て、まさか毒が!?　と一瞬警戒した私だったが、次の一言で安堵《あんど》した。

「はふっ、熱いれすけど、とてもおいひいれすわ！　……ふぅ、お口をヤケドしてはいけませんから、お嬢様は少し冷《さ》ましてからお召し上がりくださいませ」

ミリアはそう言いながらも、もう次のオクパルにスティックを突き刺している。

「ミリアがそんなに美味しそうに食べているのに、待ってなんかいられませんわ！」

そう言って私もパクリと頬張った。

「……っ!?」

熱い！　口の中で熱が暴れているよう。こんなに熱々のものは食べたことないかも。

でも……

「美味しい！」

「本当ですわね。お嬢様に相応《ふさわ》しいとは言い難《がた》いですが……」

「もうミリアったら、そんなことないわ。ふふ、こんな美味しいものは生まれて初めて！」

私は夢中で頬張った。

……いえ、初めてではないような？　なぜかしら、なんだかとっても懐《なつ》かしく感じる……？

そこで私の中で何かが弾《はじ》けた気がした。

……思い出した。そうだ。オクパルを食べて前世の記憶が蘇《よみがえ》ったんだ。

オクパルは、前世で食べたアレに限りなく近い。

そう——たこ焼きだ。

丸い形状、あのソースの香ばしさ。粗削《あらけず》りではあったものの、まさにたこ焼き！　と言ってもいいくらいのもので。

オクパルを食べた後、私は気もそぞろでミリアに心配されながらフラフラと帰途につき、その後高熱で伏せったのだった。

ああ、美味しかったなぁ。まさかこの世界でたこ焼きが食べられるなんて。しかも、それで前世を思い出すとか夢にも思わないよねぇ？

私、そんなに死ぬ間際《まぎわ》にたこ焼きを食べたかったのかな？　食い意地張りすぎてない⁉

ま、まあいっか！　美味しいは正義!!

はあ……また食べたいなぁ。もう一度街に行きたいって、お父様におねだりしないとね。

オクパルの味を思い出してはうっとりとしつつ、おねだりする機会を待ったのだった。

「ダメに決まってるだろう」

お父様とお母様、私の三人で大きなダイニングテーブルを囲む夕食の席で、お父様に可愛くおねだりしたのに間髪《かんはつ》を容《い》れず却下された。そんなバカな。

若干お腹はプニっているものの、前世に比べたらありえないほど美少女（笑）に生まれ変わっていた私は、瞬《まばた》きから上目遣い、小首の傾げ方まで研究。あざとさ全開でお父様を陥落《かんらく》すべく、さっきまで鏡でおねだり作戦の練習をしてまで臨《のぞ》んだというのに……

即却下、だと⁉

「そんな……この前は許可してくださったではありませんか」

「その外出がきっかけで熱を出したのは誰だ？」

青みがかった銀髪にアイスブルーの瞳を持つお父様にジロリと睨《にら》まれた。

こういう時のお父様って、美形のせいか冷たく見えるのでちょっと怖い。普段は甘々なのに。

「お父様の言う通りよ、クリステア。また倒れたらどうするの？」

お母様もそれに乗っかる。

お母様は赤みがかった金髪にグリーンの瞳で、柔らかな色合いなのにツンとした印象の美人だ。

そんなお母様も冷静に指摘してくるので、四面楚歌《しめんそか》のような気持ちになる。

くっ……言われると思ったんだ。きっとお母様には「街に出かける＝はしゃいで熱を出す」の図式ができ上がってるだろうと思ったからこその、お父様陥落《かんらく》作戦だったのに。

だけど、私は！　諦《あきら》めないッ!!　あのオクパル……たこ焼きを食べるために!!

そしてあわよくば、あの少年、またはその雇い主から材料や入手先を聞き出したい。

未完成ながらも食欲をそそるソース……あの芳醇《ほうじゅん》な香り。あれのためなら、エリスフィード家の総力を挙げて……って、ほぼお父様の力だけど、最高の材料を集めてみせるわ！

多分、前世の記憶を頼りに作れるから大丈夫だと思うけど、もしかしたらこちらの世界独特の材料があるかもしれないので、コツなんかも聞きたい。

「いや、誤解だったならいいよ。親が子供を心配するのは当たり前だからな。商売にならなかった分は弁償《べんしょう》してもらえることになったし」

よかった。そうだよね、数日間も拘束《こうそく》されていたら、その間の売上とかパーだもんね。

「じゃあな」

そう言って少年は帰ろうとした。

「あっ、あの！　たこ……じゃない、オクパルとっても美味しかったですわ！　また、食べに行ってもいいかしら？」

とりあえず次への繋《つな》ぎはつけておかねば！　もう必死だよ！

「あー……来てもいないかもしれないぞ。あそこで店、続けられっかわからないからなぁ」

「えっ」

な、なんですと？

「あの場所は商業ギルドに頼み込んでようやくお試しの期間限定で借りられたんだけど、騒ぎを起こしちまったから」

店は続けるのは厳しいかも、と決まりが悪そうに言った。

そ、そんなバカな……っ。たこ焼きが食べられなくなるなんて。私、いやお父様（？）のせいで!?

「悪いな。じゃあ」

すまなそうに立ち去ろうとした少年を見て、思わず彼のシャツの裾《すそ》を掴《つか》んだ。

「いや……っ。行かないで」

思わず涙がボロッとこぼれた。あれがもう食べられなくなるなんて、そんなのやだよお……！

「えっ!? おいっ！」

私の涙にギョッとした少年は、オロオロと立ちすくむ。

「私の、っせいでぇっ……うええんっ」

ここで少年と別れたら、たこ焼きなんてもう二度と食べられないかもしれない。

そう思った私は、そりゃあもう必死に引きとめた。どんだけ食い意地張ってるんだ私、と思いながらも、諦《あきら》めるわけにはいかなかった。

ぼろ泣きで少年を引き止める私を見たお父様は、慌てふためきながらも改めて詳しく少年に事情を聞き、申し訳ないと再び謝罪した。

「そうであったか……本当にすまなかった。しかし、なぜそのことを言わなかった？ そのまま続けられるよう私から商業ギルドに申し入れ、便宜《べんぎ》を図ることもできるというのに」

そうだそうだ！　お父様は腐っても貴族――いや、腐ってはないけど！　ちゃんとお仕事は真面目にしているはず！　こう言ってはなんだけど、ギルドに交渉することもできたよね？

「そこまでしていただこうとは思いませんでした。たとえ誤解だとしても、貴族に捕らえられて連行されたなんて店に客が来るとは思えません。それに、もともと俺はこの国の人間じゃないから留まる必要もないし、どこでもやっていけますから」

少年はきっぱりと答えた。

「そういえば、其方《そなた》は東の島国の者の顔立ちをしているな」

ふむ、とお父様は、この国では珍しい異国の容貌をした少年の顔を見つめる。

東の島国？　確かに前世でいうところのアジア系の顔立ちをしているけれど。日本みたいな国がこの世界にあるのかな？

「ええ。両親は冒険者だったんですが、父さんがそこの出身だったと母さんから聞きました。父さんは俺が小さい頃、流行病《はやりやまい》で死んだから詳しくはわかりませんけど」

「そうか。それはつらいことを聞いたな」

「いいえ」

「しかし、父親がいないのであれば、稼ぎ手であろう其方《そなた》が職を失うのは困るのではないか？」

そうだよ！　えらいこっちゃ！　私の、いやお父様の暴走のせいで、とんでもないことになっちゃった⁉　あわわ、ごめんで済んだら警察……じゃない、衛兵はいらないってやつじゃないの。どうすんのよ、お父様あぁ‼

「いえ。母さんも昨年死んだので……。自分一人の食い扶持《ぶち》さえ稼げたら、それでいいんです。店を始めたのも、母さんが俺のために作ってくれた、父さんの故郷の味を忘れないためってだけですし。しばらくは知り合いの店の手伝いでもしてなんとかするつもりですよ」

ん？　んん⁉　今、なんと、おっしゃい、ま、し、た……⁉

オクパル……たこ焼きが、少年のお父様の故郷の味ですと？　こ、これは、東の島国が日本っぽい国の可能性、倍率ドン！　ですかね？

ももも、もしかして……もしかするとですよ⁉　たこ焼き以外の日本食に近いものなんかも、あったり、する、の、では⁉

……ごくり。こ、これは、少年からなんとしてでも情報を引き出さねばですよ‼　このまま少年を帰したらいかーん‼

「お父様、ここは私たちに責任があるのですから、彼を料理人として我が家で雇うべきですわ！　優《すぐ》れた料理人である彼を失うのは、我が国の損失です‼」

この後、無茶苦茶説得した。

あれから、あの手この手でお父様を説得し、辞去《フェードアウト》しようとする少年をなんとか勧誘（という名の確保を）して、晴れて少年は我がエリスフィード家の料理人と相成《あいな》りました。

やったね！

うん、私のための庶民の味専属料理人にしちゃうよね⁉　するしかないよね⁉

私、めーっちゃ頑張った！　今までにないくらい熱心に両親を口説《くど》き落としたのだ！

頑張った自分を褒めてあげたい！

その情熱をもっとお勉強にも向けましょうね、とお母様やミリアに釘を刺され、少年を雇う交換条件としてお勉強の時間を増やされたけど。うぐぅ。

しかしお小言その他諸々、甘んじて受け入れましょう。今の私はとても機嫌が良いのだから！

少年はシン・カイドゥーと名乗った。漢字で書くなら海堂真、あたりかなぁ？　東の島国に漢字なるものが存在するかわかんないけどね。

前世の記憶のこともあり、ついつい少年呼ばわりしていたけど、彼はなんと十六歳で、私より八つも上だった。欧米の人からすると東洋系は若く見えるって聞いたことがあるけど、こちらの世界でも同じなのかなぁ。

背はそれなりにあるものの、ひょろひょろの細身だから、年齢を聞くまでは十二歳くらいかなぁと思っていた。実際の年齢を聞いて、皆一様《いちよう》に「えっ？」という反応をしたせいで、シンが少し落ち込んでいたのはここだけの話。

後日、我が家で供《きょう》されたオクパル……たこ焼きは大好評でした。ふふふ、そりゃあ美味しいに決まってるよねっ！　また食べられて幸せ♪

お父様もお母様も熱々を頬張り、目を白黒させながらも美味しそうに食べていた。今は学園で寮暮らしをしているお兄様にも、いつかご馳走したいな。

シンにオクパルの作り方を聞いたら、ほぼ前世と同じだったよ。材料の名前は馴染《なじ》みがないものばかりだったけど。これから色々教わろうっと！　夢が広がるわぁ。

そして、オクパルのメインの素材であるオクシーは、やっぱりタコっぽい生き物でした。お湯に入れたら足がくるんってなるところも同じだった。

ミリアは生のオクシーを見て、「あ、あれを食べてしまったなんて……！」と卒倒《そっとう》しそうになっていたけど、いざオクパルが焼き上がると、「食べ物に罪はないですよね」

なんて呟きながら食べていたのを私は知っている。

シン曰《いわ》く、見た目がかなーりグロテスクなオクシーを食べたがる人は少ないから、元の形が想像しづらいオクパルにして売ることにしたらしい。需要がないので、仕入れ値も安いそうだ。

シンが皆の目の前でオクパルを焼いているのを見て、「私もオクパルを作ってみたーい！」と子供らしく駄々をこねて、無理矢理焼かせてもらった。……返しのところを手伝わせてもらっただけとも言う。

私が見事な手さばきを披露《ひろう》すると、成形させるのが速くて上手いとシンに褒められた。そりゃあね、こちとら年季《ねんき》の入り方が違いますよ？　こっちの世界では初めてだけど。

まんまるとした可愛らしい形と手軽さから、立食パーティの時にいいわね、なんて声も上がった。

でも、材料を知ってミリアみたいに卒倒《そっとう》しそうになる人が続出しても困るから、中身を変えて作るのもいいかもしれない。

よーし、これからはシンを東の島国の庶民の味担当として、食生活を充実させるんだからねっ！

第二章　転生令嬢は、勉強よりも料理がしたい。

「ねえ、シン。私、今夜はウーロンが食べたいですわ」

「却下です。あいにくと今夜のメニューは決まっておりますので」

にっこり笑って小首を傾げ、可愛らしくおねだりする私を一瞥《いちべつ》することもなく、シンは調理場の隅で野菜の下ごしらえを続ける。

「えーっ！　いいじゃなーい！　ウーロン食ーべーたあーいーっ！　ウーローンーっ！」

ちなみに、ウーロンとはお茶ではなく、うどんのことだ。

子供のように駄々をこねつつ、テーブルをバンバンと叩《たた》く。あっ、私、子供だったわ。

「地が出てるぞ、お嬢様」

「あらやだ、おほほほ」

「とにかく却下」

「うう、シンのいじわる！」

「はいはい」

お母様は、ジュレのふるふるとした食感を楽しみながら美味しそうに味わっていた。

「お母様、調理場の件ですが」

「何かしら？　料理長の嘆願《たんがん》もあって出入りは許可したはずだけど？」

「それについては感謝しています。そのうえで……お母様は今よりもっと美味しいものを食べたいと思われませんか？」

「それはまあ……せっかく食べるのであれば、美味しいほうがいいわね」

「美味しい食事で、美しくなりたいと思いませんか？」

「それは思うけれど……え、食事で美しくですって？」

ツンとしながら答えていたお母様は「美しく」という言葉に反応した。

肌荒れに悩むお母様は、美容とかそういう言葉に敏感だ。そこを利用させていただこう。

「ええ。たとえば今食べているお料理は、プルプル、つやつやしたお肌になりますわ」

「えっ!?　お肌が!?」

私の発言に、思わず目の前の皿を凝視《ぎょうし》するお母様。

「そのジュレ……プルプルした食感のものは、鳥肉の皮からとったものですが、それがお肌にいいのです。試作を食べた料理長のお肌は、翌朝ツヤツヤしていましたもの」

「お肌がプルプル、つやつやに……？」

「そうです。プルプルのつやつやお肌に」

それを聞いたお母様は、ジュレを丁寧にすくっては大事そうに食べていたのだった。

やはり、お母様は美容関係で攻めるのが良さそうだ。

「食べたものが身体にいかに影響をもたらすかがわかろうというものですわね。私は皆に美味しいものを食べてもらい、健康に美しくなってほしいのです。そのためにも自分で料理がしたいのですわ。お願いです、お母様。危ないことはしないから、料理する許可をください」

深々と頭を下げる私を見て、お母様は嘆息《たんそく》しながら「考えておくわ」とポツリと言う。

私もそれ以上は何も言えず、黙々と食事を続けたのだった。

うーん、ダメだったかぁ。仕方ない、次の手を考えるしかないか。


翌日の朝食の席。お母様のお肌はプルップルでした。

おお、効果てきめん！　許可はもらえなかったけれど、お母様が嬉《うれ》しそうなので良しとしよう。またチャレンジするのみだ。

「クリステア。昨夜の話だけれど」

「はい、なんでしょう？」

「誰かの監督の下であれば、料理に関わるのを許可するわ」

「え!?　いいのですか？」

　まさかこんなに早く許可が下りるとは。

「昨夜、ミリアがやってきて、貴女《あなた》が私のためにシンと一緒に試作を頑張っていたのだと聞いたわ。私が肌のことで悩んでいたことを知っていたのね？」

「ええ、まあ……」

　ミリアったら、いつの間にそんなことを……ありがとう。

「今でも料理することは貴族の娘に相応《ふさわ》しいとは思わないわ。でも、貴女《あなた》の家族を想う気持ちは嬉《うれ》しかったもの。あくまでも趣味の範疇《はんちゅう》としてであれば許可します。ですが、火を使うなど危ないことは許しませんよ？」

「あ、ありがとうございます!!」

　な、なんだか少し後ろめたい気持ちはないこともないけど、制限付きとはいえ料理する許可を得たぞー!!

「完全に認めたわけではありませんからね？　当然、勉強は頑張らないといけませんよ？　またサボったりしないように」

「は、はい!!　頑張ります」

うーむ、釘を刺されてしまった。

それから数日後の魔法学の時間。我が家の裏庭にある修練場で、魔法学の第一人者と名高いマーレン師の指導のもと、私は水魔法や火魔法等の中級魔法を展開していた。

「うむ、クリステア嬢。大変結構ですぞ」

やった！　マーレン師から「大変結構」をいただいた！

この言葉が出ないと、なっかなか次へと進めないのだ。

「ありがとうございますわ。マーレン先生」

優雅に淑女《しゅくじょ》の礼をしてみせる。

公爵令嬢である私は、初級〜中級魔法は入学前にできるだけ学んでおく必要がある。入学後に実施される実技と筆記の試験に合格し、授業を免除してもらうためだ。そうして空《あ》いた時間は、貴族として必要なことを学ぶべく、平民とは別の講義を受けなくてはならないらしい。

……めんどくさぁ。学園は貴族も平民も分け隔《へだ》てなく学べるところのはずなんだけど。貴族の義務は、頭の柔らかいうちに学ばせようということかな。

「いやいや、なかなかどうして筋《すじ》が良い。近頃は教えたことをたちまち習得されるので、手こずっていた頃が懐《なつ》かしくなるほどじゃよ。これでサボり癖《ぐせ》さえなければ、なお結構ですがのう」

ホッホッホと自分の長い髭《ひげ》を撫でつつ、好々爺然《こうこうやぜん》として笑うものの、チクリと釘を刺すのも忘れない。食えない爺《じい》さんだ。

「……そ、その節は大変申し訳ございませんでした」

前世の記憶が戻る前、魔法学は苦手でよくズル休みしていた。魔力量は多いくせに上手くコントロールできなかったからね。今は魔法が使えるのが楽しくて仕方ないので、真面目にやっている。

「なんのなんの。最近は頑張って魔法を学ぼうとする姿勢が見えるので実によろしい。逆に、今はマナー学のレティア殿が苦労しておるようじゃがのう」

「……」

かっかっかと笑うマーレン師に、私は反論の余地もなく、引きつり笑いで返す。ぐぬぬ。だって、マナー学ってめっちゃしんどいんだもん！「カーテシーが美しくできるまでひたすら繰り返す」とか、「優雅に見せるために、頭に本を載せてひたすらまっすぐ歩く練習」とか。ひたすらシリーズが「スポ根か！」ってレベルで厳しいんだよー！

前世にレティア先生がいたなら、絶対に運動部の鬼コーチとかやっていたに違いない。

そんなレティア先生の授業だもの、サボりたくなっても仕方ないでしょう?

「さて、すでに学園で学ぶことの大半を習得したわけじゃが。次の課題に移る前に、何か特別に学びたいことはおありかな?」

私に、「最近頑張っておるクリステア嬢にご褒美じゃよ」と、悪戯《いたずら》っ子の孫を見るように、目を細めて笑うマーレン師。飴《あめ》と鞭《むち》の使い分けがうまいよなぁ……レティア先生、まじ見習ってほしい。

えっと、学びたいこと? あ、そうだ。うん、聞くなら今がチャンスかな?

「あの、空間魔法について知りたいのですけど」

そう。空間魔法。ラノベやゲームでは定番のあれだ、インベントリ。

実際に学園を卒業した魔法師の中には、空間魔法を習得して、商業ギルドから護衛と荷運びを兼ねて雇われる冒険者となった人もいるらしい。高い依頼料ながらも引っ張りだこなんだそうだ。

空間魔法が使えるなら、学園に入学しても色々と持ち込めそうだと思わない? 主に食材。生き物は無理だけど、生物《ナマモノ》は入れた時の鮮度をそのまま保てるらしいし。冷蔵庫いらずとか最高か。

「ふむ。空間魔法か。あれはちと難しいのう」

「……やはり、適性がないと無理なのでしょうか？」

ええ～まじか。私の安定した食生活のための布石《ふせき》がぁ。

「ふーむ、そうじゃのう。空間魔法を使うには、まず亜空間というものが理解できねばならん。とはいえ、現在、空間魔法を扱える者は、亜空間を意識せずとも自然と使えるようになったという場合がほとんどじゃ。そういった者ほど、使える空間の容量は多いようじゃの。本人の魔力量によっても差が出るらしいがのう。さて、亜空間というのは……」

長いあご髭《ひげ》を撫でつけながら、空間魔法についての説明を始めるマーレン師。

あっ、これ、話が長くなるやつ……と思ったが後の祭りだ。半分意識を飛ばしつつ、講義を受けるしかない。

ふむふむ、亜空間ねぇ。私の空間魔法のイメージは、未来から来た某《ぼう》ネコ型ロボットが持つ、例のポケットなんだよなぁ。あれなんて、収納力無限大っぽくない？

某《ぼう》ポケットを思い浮かべつつ、某《ぼう》ロボットの声真似《まね》で呟いた。

「えっと……インベントリ～！」

なんてね。あっ、あれは道具を出す時のかけ声だったね？　まずしまうのが先だよね！

失敗、失敗！

……と思いながら近くにあったベンチに触れたら、忽然《こつぜん》と消えてしまった。

「えっ⁉」

「なんと……」

二人して呆然とする。

えっ⁉　今の何？　私がやったの？　ベンチどこに行ったわけ？

あっ‼　やばいっ！　あのベンチはお母様のお気に入りなのにっ。

実はどこかに吹っ飛ばしたとか、跡形《あとかた》もなく粉々にしたとかじゃないよね？

「えっと、マーレン先生？　今のは私がやったのでしょうか？　……空間魔法ですよね？　どうやって戻したらいいのでしょう？」

オロオロする私の問いに、呆然としていたマーレン師はハッと我に返り、私に言い聞かせる。

「これ、落ち着くのじゃ。クリステア嬢、先ほど説明した亜空間が理解できるのであれば、そこから取り出すイメージも簡単じゃろう？」

あっ！　なるほど～。それでは某《ぼう》ポケットから取り出すイメージで、と。

「できました！」

消えたベンチがまた現れた。

よかったあ、さっきと向きが違うけど、まあいっか。あとで誰かに戻してもらおう。

ん？　あれ？　これって……

また触れてみる。消える。取り出す。

「「……」」

えっ？　もしかしてインベントリ習得しちゃった⁉　マジで？　これなんてチート⁉

こんなにあっさりできちゃっていいんですかぁ⁉

「……この調子で頑張るようにの。本日はこれまでにするとしようかの」

「は、はい……。ありがとうございました」

マーレン師が若干頭をかかえつつ去ったように見えたのは気のせいじゃない、かな……？

この世界の魔法はイメージする力が大事だと学んだけど、こんなんでいいの⁉　ねえ⁉

と、とりあえず、魔力量を増やす訓練しようかな。もちろん、食料備蓄のために！

第三章　転生令嬢は、いい加減和食が食べたい。

この世界にはお米がないのかなぁ。そう思った私は、調理場で料理長をはじめとした料理人たちにお米の存在について尋ねてみた。

「おこめ？　って何ですか？　……真っ白で、炊くともちもちしていて、噛《か》めば噛《か》むほど甘くて美味しい穀物《こくもつ》？　そんなものがあるのなら、ぜひ食べてみたいもんですがねぇ」

「炊くって何ですか？　はあ、煮ること……ちょっと違う？　……うーん、わからないですねぇ」

……とまあ、そんな答えばかりで手がかりらしいものが一切見つからない。

頼みの綱であるシンに聞いても、シンのお父様がご存命だったのは幼い頃のことなので、記憶が定かではないとのこと。

覚えている料理は全てお母様に習ったものらしい。お母様はラスフェリア大陸の方らしいので、お父様直伝といわれる料理は少ないようで。

うーむ、どうしたものか……

ああ、和食が食べたい。

そんな感じで半《なか》ば諦《あきら》めかけていたある日のこと。

お父様からとある情報を得た私は調理場へと急ぎ、仕込み中のシンに詰め寄った。

「ねえ、今度シンが市場に買い出しに行く時についていってもいい？」

「却下」

ダメもとでおねだりする私に、すげなく答えるシン。見事なまでに一刀両断である。

「えっなんで!?　もういい加減、外出も許可されていいんじゃないかな!?」

「今のお嬢を街に連れていくなんざ、飢えた獣を放つも同然だ。とてもじゃないが、俺には猛獣のお守りなんて恐ろしくて無理」

冷たく言い放つシン。花も恥じらう乙女《おとめ》を飢えた獣扱いとはなんたる無礼！

「なっ、なんでよー！　ちょっと市場でスパイスや食材を買ったり、屋台で美味しいものを食べたりしたいだけなのに！」

「そもそも、公爵令嬢は市場で買い食いなんてしないだろ……」

それはごもっともだね？　しかし、私は普通の公爵令嬢ではない。開き直りではなく、前世の庶民の記憶があるという意味で、だからね？　そこんとこ誤解なきよう。

「だって、東の島国……ヤハトゥールからの商船が着いたんでしょう？　お父様から聞いたわ。何か面白いものがあるかもしれないじゃない」

「やっぱりそれが目的か」

そりゃそうでしょう！　シンのお父様の故郷、東の島国ヤハトゥールは海に囲まれていて、ラスフェリア大陸にはない独特な文化を持つ国なのだそうだ。美術品のみならず、食文化も独特なのだという。となれば、前世の日本に似ている可能性だってあるわけで。

だから行くなら今でしょ⁉

「なおさらダメ。今は異国人が普段より多くうろついてて危ないだろ。欲しいものがあるなら俺が買い出しに行ってきてやるから、それで我慢《がまん》しな」

「やだ！　それじゃ意味ない、自分で探したいの！」

だって、もしかしたらあるかもしれないじゃないか！　お米や味噌《みそ》的なものとか、醤《しょう》油《ゆ》的なものとか、アレソレコレが‼　もし実際にあるなら、樽《たる》単位で買い付けて、商人と交渉して定期購入の契約をしたいくらいだ‼

それほど、今の私は米や味噌《みそ》と醤油《しょうゆ》を渇望《かつぼう》していた。市場には他にも日本っぽい食材が売られているかもしれないし、それは自分が行かないと見つけられないだろう。

「かくなる上は、転移魔法を習得するしかないか……」

ぼそりと言うと、シンがギョッとする。

「ちょっ……！　お前ならやりかねん。冗談に聞こえないからやめてくれ。仕方ない、お館様に相談してみる」

がっくりと肩を落とすシン。

「本当に？　やったー！　ありがとう！」

やったーやったー！　と飛び跳ねて喜ぶ私の傍《そば》で、頭をかかえて盛大にため息をつくシン。

それをよそに、転移魔法を習得するって手もアリだな、と密《ひそ》かに思う私なのだった。

シンがお父様に相談したところ、私の市場行きについて議論と入念な打ち合わせが行われ、前回よりもさらに大勢の護衛を配備することで、なんとか許可が下りた。

「買い物するだけなのに、そんなに護衛をつけるのは少し大袈裟《おおげさ》なのではないでしょうか」

たかが買い物に、多くの人員を割《さ》くのはもったいないと思うんだけどな。

「何を言うか。子供は攫《さら》われやすいのだぞ。特に其方《そなた》のように見目の良い子供は格好の獲物だ。奴隷《どれい》商人に売られぬよう、用心するに越したことはない」

なるほど。そっかぁ、なら仕方がないね、うん。……って聞き流そうと思ったけど、奴隷《どれい》なんて本当にシャレにならないので、しっかり護衛していただくことにしよう。

いざという時は自分が魔法でどうにかしたらいいんだけどね。

風・火・水・土の攻撃魔法は、今やどれもほぼ無詠唱で使えるのですよ。

あのね、マーレン師に鍛えられ、なおかつ無詠唱で同時発動できるよう、めっちゃ練習したのよ。詠唱ありだと発動に時間がかかるし、何より詠唱するの、ほんっとに恥ずかしいんだよ……なんであんなに厨二《ちゅうに》くさいの？　詠唱よりイメージが大事、とわかった時は、妄想力豊かなオタクでよかったと……いやいや、想像力豊かでよかったなとしみじみ思ったね！

コホン。魔法のことはさておき、今回はミリアとシンにもついてきてもらうことに。二人には、自室に戻った後で耳にタコができそうなほど注意された。まったく、心配性だねぇ。

それより明日買いたいものはこんなのなんだけど、と欲しいものをずらりと書いた買い物リストをシンに見せたら、唖然《あぜん》とされた。

「……誰がこんなに持つんだよ？」

「ええと、路地裏でこっそりインベントリに？」

「何のために護衛つけていくと思ってるんだ。わざわざ危険な路地裏に行くとかアホか!?」

ごもっとも。しかし買わないという選択肢はない！　と主張しまくったところ、ある程度荷物が増えたら護衛の人に預けて、馬車まで運んでもらう手筈《てはず》になった。護衛の皆さん、重ね重ね申し訳ない。

そしてお買い物前夜の今、嬉《うれ》しくてなかなか寝つけずにいる。遠足前の子供か！　ってレベルで。

まあ実際子供ですし？　市場への買い物も遠足みたいなもんだよね。

もちろん、しっかり買い物する気満々で準備は万端だ。子供が金貨で支払うと、何かと面倒なことになりそうなので、銅貨や銀貨など細かいお金に分けて、インベントリに収納ずみ！　支払う時はポシェットから出すフリをすれば問題ないよね。知らない人からすると、ザクザクお金が出てくる不思議なポシェットに見えるだろうけど。そこらへんは気をつけないといけないな。

これで段取りはバッチリだ！　明日が楽しみだなー！

はい！　てなわけでお買い物当日ですよ。お買い物日和《びより》のいい天気！　素晴らしい！

前回と同じく、商家のお嬢様風のワンピースを着てお出かけです。

いざという時のために、可愛い編み上げブーツの足先に鉄板を入れようとか、踵《かかと》に小型のナイフを仕込もうとか色々提案したんだけど全部却下されたよ。なんでだろうね？

公爵家の紋章付きの馬車は目立つので、ごくごく普通の馬車を手配して、いざ出発っ！

……うん、前世ショックのせいですっかり忘れてたけど、馬車ってとっても乗り心地悪かったよね。サスペンション？　だっけ？　そういうのがないから衝撃がダイレクトにくるのだよ。

あうう、お尻がぁ……。市場に着いたら、クッションをたくさん買って置いといてもらおう、そうしよう。あだだだだ。


馬車に揺られることしばし、なんとか苦行を乗り越え市場に到着した。

うわあああぁ！　これ、この空気ですよ！　前世で過ごした活気ある下町の商店街の雰囲気によく似ていて、ドキドキする。ああ、懐《なつ》かしい！

さあ、ぐずぐずしてはいられない、お目当てのブツを探しに出陣だーっ！

「……ここが、天国か……っ」

スパイスたくさん、ハーブもてんこもり。美味しそうなものも勢ぞろい！

まさに食の宝庫やーっ！

ここには我が家の調理場にはないスパイスやハーブが、たくさんあった。嬉々《きき》として香りや味を確かめ、各種購入していく。

これだけあれば、魅惑のカレーにも挑戦できそうだ。私にカレースパイスが調合できるかはわからないけど、基本のスパイスを押さえたらいけるはず……多分。お米はなくてもナンは焼ける。よし、頑張ろう！

ハーブも大量に購入したので、ブーケガルニとかハーブ塩とか、料理長に相談して色々試してみようっと。

目につく端から立ち止まっては大人買いする私に、ミリアもシンも呆れ顔だ。

……いいじゃないか、これで我が家の食生活がさらに向上するのだから！　美味しいものが食べられて、私も幸せ、皆も幸せ、まさにＷｉｎ‐Ｗｉｎなんだからねっ！

あっ、シンさんや、足りなくなったら今度からお使いを頼むのでよろしくね？

しっかし、おかしいなぁ。東の島国の品らしきものはどこにあるんだろう？

市場をあらかた回ったと思うけれど、それらしきものは見当たらない。

「ねえシン、東の島国……ヤハトゥールの品はどこで売ってるの？」

ここは、やはり街のことを知っているシンに聞くのが一番だ。

「多分市場にはほとんど置いてないと思うぞ？　美術品は評価が高いが、食材は使い方がよくわからないものが多くて、扱ってる店も限られてるんだよなぁ。さぁて、どこの商会だったかな」

「そこをなんとか思い出して!!」

本日のハイライトなんだからあぁぁ!!

シンの記憶を頼りに、ヤハトゥールの品を扱う商会を訪ねることにした。

とりあえず、今持っているスパイスその他の大荷物は、近くにいた護衛の方にお任せしたよ。

インベントリって、おおっぴらには使いにくいから、便利なようで便利じゃなかったね。

「バステア商会……ここなの？」

シンの案内でたどり着いたのは、こぢんまりとしてはいるものの、趣味は良さげな佇《たたず》まいの建物だった。出入り口の前で建物を見上げながら、シンに確認する。

「ああ、確かここはヤハトゥールの品を卸《おろ》していたはずだ」

「そう！　じゃあさっそく入ってみましょう！」

ウキウキと建物に入った途端、奥から大声が飛んできた。

「おい！　それじゃあ話が違うじゃないか！　お前さんに頼まれたから無理して荷を増やしたってのにっ！」

……おおっとぉ。なんだか穏やかじゃない感じ？　ドリスタン王国ではあまり見かけない風貌の大男が大声で怒鳴っている。

「も、申し訳ない。思ったより数が出なくてね。前に頼んだ時はもっといけると思ったんだが」

タジタジと申し訳なさそうに謝罪する相手は、ここの店員？　いや、店主だろうか。

ドリスタン王国の衣装ではあるけれど、ちょっと異国風な顔立ちをしている。シンみたいなハーフさんかかな？

「どちらにせよ、約束通りの値で全部引き取ってもらうからな！　このままじゃ兄貴に何言われっかわかんねぇ！」

「いや、しかし……」

うーむ、取り込み中っぽいなぁ。でも、今日のメインはむしろここでの宝探しだ。このまま引くという選択肢はない。

意を決して、声をかけようとしたその時。

「のう、店主よ。あちらは客ではないのか？」

ん？　子供の声？

視線を下に向けると、大男の陰《かげ》にお人形さん……いや、お人形さんのように可愛らしい子がいた。

「いちまさんだ……」

肩までまっすぐ伸びた黒髪ストレートのおかっぱ頭で、着物に似た衣装を着たその子は、まさにいちまさん……市松人形のようだった。

「見苦しいところをすまぬの。何かご入用かの？」

にこりと笑いながら、トトト、とこちらにやってくる様《さま》も愛らしい。

いやーん！　転生して以来、手前ミソながら、自分やミリアで美少女には見慣れていたつもりなんだけど、やっぱ和と洋じゃ可愛さのベクトルが違うねっ！　お友だちになりたいわぁ。

……ハッ！　いかんいかん。目的を見失うところだった。

「あの、ヤハトゥールの調味料や乾物があれば、見せていただきたいのですけれど」

若干照れながら、いちまさん（仮）にそう伝えると、先ほどの大男がぐるっとすごい勢いで振り向き、ズカズカと近づいてきた。

「ヤハトゥールの食いもんに興味があるのかっ⁉　イテッ！　……いや、ございますか⁉」

大男の乱暴な問いに、いちまさん（仮）の手にしていた扇子（？）が一閃《いっせん》、大男の鳩尾《みぞおち》にズバッとヒットした。えっ？　い、いちまさあぁん（仮）⁉

「無作法《ぶさほう》ですまなんだ。ヤハトゥールの調味料や乾物をご所望とな？」

冷たい目で大男をジロッと睨《ね》めつけたかと思いきや、にっこりとこちらに微笑みながら問いかけるいちまさん（仮）。こ、こわっ。大男さんが固まってるよ？

「は、はい……」

「それは重畳《ちょうじょう》。先日着いたばかりの商船から卸《おろ》したばかりの品がほら、こちらにたんと」

そう言いながらいちまさん（仮）が示す先には、樽《たる》や木箱が積まれていた。

「こちらの樽《たる》の中はミソと言うて、汁物、ええと、すうぷなるものをはじめ、色々なものに使える調味料じゃ。それから、こちらは……」

今何て言いました⁉　ミソって、みみみ味噌《みそ》⁉

我が耳を疑いながらも、樽《たる》の中身を見せてもらった。

「み、味噌《みそ》だあぁ！」

ついに、ついに出会えたよ‼　お味噌《みそ》様‼　こんなにあっさり見つかるなんて……

やっぱりヤハトゥールにあったんだ……やばい、泣きそう。

「どうしたのじゃ⁉　おぬし、具合でも悪いのか？」

ギョッとしながら私を見るいちまさん（仮）に、「何でもないです‼」とグッと涙を堪《こら》えて答える。

他の品も見せてもらったんだけど、味噌《みそ》、醤油《しょうゆ》、昆布《こんぶ》……色々あった。呼び名が違うんじゃないかと思ったら、ほぼまんまでびっくりだ。ウーロンも、実はうどんが正しい名前だった。

多分だけど、シンが小さい頃に舌ったらずでウーロンウーロンと言ってたのを、そのままお母様が呼んでただけなんじゃないかな？　それに気づいたらしいシンが少し赤くなっていたのを、私は見逃さなかった。うひひ。あとでからかうネタにしようっと。

さっき揉《も》めていたのは、この荷についてだったみたい。どれも味見させてもらい、問題ないどころか期待通りだったから、交渉してこちらで引き取れるだけ引き取り、その分お安くしてもらうことに成功した。もうけた～！

シンとミリアは、私の大人買いした荷物を運ぶために慌てて護衛を呼び、馬車を商会の前まで回すように手配していた。

交渉の際にエリスフィード家の令嬢であることを明かすと、店主らしき人が「ああ、あの噂《うわさ》の……」って、ボソッと納得したように呟いたのだけれど……私が料理をしているっていう話が広まっているのかな。

いちまさん（仮）たちは、私が公爵令嬢であることよりも、ヤハトゥールの食材や使い方に詳しいことに驚いたみたい。この国で売るのは美術品が主で、食材についてはこちらに移住しているヤハトゥール人が買い求めるのがほとんどなのだそう。そりゃそうだろうなぁ。我が国の料理人からしたら未知の食材だらけだもんねぇ。

今後もバステア商会を介して取引できるように、お父様にお願いしなくては！　手に入れたばかりの味噌《みそ》で豚汁ならぬオーク汁を作って懐柔《かいじゅう》するつもりなので、ほぼ確定事項といえよう。ふっふっふ。お父様、絶対和食党になると思うんだよねぇ。

「鰹節《かつおぶし》……と、それに削る道具はございますか？」

やっぱりお出汁《だし》をとるなら鰹節《かつおぶし》は欠かせないよね！

「鰹節《かつおぶし》と削り器でございますか？　申し訳ございません。現在は扱っておりません」

売れないから扱うのをやめたんだって。確かに、使い道がわかりにくいもんねぇ。見た目は枯《か》れ木に鉋《かんな》だもん。しょんぼり。

「あの、もしよければ、今度船がくる時に鰹節《かつおぶし》と削り器が届くよう手配しやしょうか？」

話を聞いていたらしい大男さんが、次回の荷で取り寄せようと申し出てくれた。

「ほ、本当ですか！　ぜひお願いします！」

やったね！　しかし当然ながら船便で往復するので、最短でも届くのは約三ヶ月後らしい。それまでは昆布《こんぶ》だけでしのぐしかないか。ああああ、待ちきれなーい!!

……気を取り直して、と。

基本の調味料は手に入った。あとは肝心の主食……そう、お米が欲しい。

「あの、お米……ええと、麦以外の穀物《こくもつ》はありませんか？」

「ん？　米か。店主よ、米はどこにあるのかの？」

傍《そば》にいたいちまさん（仮）に聞いてみると、あっさりと店主に在処《ありか》を問う。

えっ!?　お米あるの!?

「コメ……ですか。当店ではあいにく現在取り扱っておりませんが……あの、クリステア様はご存知かわかりませんが、コメは……」

「……え？」

店主の言葉に我が耳を疑った。なななななんだってー!?

結論から言うと、この世界にお米はあった。しかも、ドリスタン王国に。

この国ではお米を食べる習慣がなかったから、食材として認識されていなかった、と

「ちょっ、いだだだだっ……！　これは雇い主にする行為じゃなくないかな⁉」

「俺の雇い主はお館様です。そしてこれは、約束を守らなかったことへのペナルティーだ」

ギリギリギリ。

ひいぃ。ごめんなさあああぁい！　あーっ！

容赦《ようしゃ》ないアイアンクローからようやく解放された私は、自《みずか》らの頭をさすさすと撫でさすりながら、シンを睨《にら》んだ。

「で？　今度は何をやらかそうとしてるんですか」

私の恨《うら》みがましい視線などものともせず、お嬢様のすることだからな、と諦《あきら》めたようにため息まじりに尋ねるシン。むむっ、失敬な。

「やらかすとはなんですか、やらかすとはっ！　まあいいわ、今はそれどころじゃなくってよ？　見て驚け、食べて慄《おのの》け！　いざ！　オープーン‼」

蒸らしが終わって、さあご開帳〜っ！

「わあぁ……」

白飯だ！　白飯様だよおぉ！　つやっつや、ふっくらのご飯！

お米の一つ一つが立ってますよ！　このつや、この香り……成功です！　立った、立った！　お米が立ったー！

　感動のあまり涙が出そう。このキラキラと輝く美しいビジュアルに、全俺が泣いた!!　ってやつですよ!!　この白飯様にたどり着くまでの数多《あまた》の苦労を思うと涙を禁じ得ません。

　ああ、もう辛抱《しんぼう》たまらん。このまま鍋ごと抱えて食べたいくらいだけど、そこはまだ思いとどまる程度の理性がある。

　でも、ちょっと、ちょっとだけ。一口だけすぐさま食べたいっ！

　……いやいや、せっかくの白飯様だ。きちんと居住まいを正していただかなくてはなるまいて。

　ああ、いざ成功したとなると、ご飯のお供を考えていなかったことが実に悔《く》やまれる。

　これは今後の課題だわ。美味しいご飯のお供を探さなくちゃ。

　ご飯が手に入ったからには、やりたいことがいっぱいあるから大変だ！

　また「クリステアのやることリスト」に書きとめておかなくちゃ。そのリストには今後やりたいこと、作りたいもののレシピなんかを前世の記憶を頼りに、日本語で書きとめている。

　私の前世の知識はお金になるみたいだから、他の人にはわからないようにしておかな

いとね。

「これは……」

白飯様を前にニヨニヨと笑う私のことなど構う様子もなく、シンが炊きたてご飯を見て固まった。やば、飼料なのバレた？　シンったら勘がいいからなぁ。

「あの、えっと、これは……」

あせあせと、これはれっきとした食べ物であることを説明しようとした私の言葉を遮るように、シンが呟く。

「この香り……もしかして、ゴハン？　か？」

「へ？」

ん？　シンさんや、ご飯……コメのことやっぱり知ってたの？

話を聞いたところ、なんとご飯を食べたことがあったのだそう。シンのお父様がご存命だった幼い頃の記憶だったので、すっかり忘れていたそうだ。

冒険者稼業《かぎょう》をしていたご両親は、価格の安さからご飯を常食にしていたのかもしれないね。なんといってもこの国では飼料だったわけだし。

この国に流れ着いてからは、お母様も飼料であるお米を炊くのは周りの目を気にして避けていて、次第に忘れられてしまったのだろう。

いつでも懐《なつ》かしの味を再現できるからね、任せといて！　精米大変だけど！

「トマスじいさんって……厩番《うまやばん》の？」

不審そうな顔で私を見つめるシン。はっ！　まずい、口が滑《すべ》った。

「お嬢、これは、どこに、あったん、です、かね？」

シンから顔を背《そむ》けようとする私に、冷《ひ》ややかな声で問いかけてくる。

「クリステアお嬢様？」

チラッ。やだー！　笑顔が怖い！

「えーと、内緒？」

てへぺろ、とごまかしてみたものの、シンには通用しなかった。本当に勘が良すぎて困るんですけど。……長い沈黙が怖い。

「はぁ……これはお嬢様が食べるのに相応《ふさわ》しくないもんみたいだから没収だな」

お皿ごと取り上げられそうになった。

「えっ⁉　やだちょっと待って！　おこげのとこ、まだ食べてないのにぃ〜っ‼」

お皿を高く持ち上げられてしまっては、ちびっこの私ではぴょんぴょん飛び跳ねても手が届かない。し、身長差が憎いっ！　うわぁん、シンのいけずーっ！

おこげ、好物だからって最後までとっとかなきゃよかったあああん！

「クリステア。私は引っ込み思案だった其方《そなた》が、こんなにも明るくなったことを嬉《うれ》しく思っている。だがな、もう少し公爵令嬢としての自覚と慎《つつし》みを持つべきだと思うぞ？最近の其方《そなた》は……」

くどくど、くどくど……。お父様の執務室で、貴族の娘が家畜の餌を食べるなんてもってのほか！　と、両親から件《くだん》の塩むすびを前にして、延々と説教を受けております。ドウシテコウナッタ……

シンから塩むすびを取り返そうと必死になっているところをミリアに見つかる↓事情を知ったミリアとシンの二人がかりで妨害される↓私はどうにか取り返そうとする↓カオスになりかけた時、騒ぎを聞きつけた執事がお父様に報告↓お父様が皆から事情を聞き、米の入手先がバレる↓両親から説教される↑イマココ！

はぁ、あっという間に見つかってしまった。ナンテコッタ……

頑張ったんだけど、塩むすびは取り返せないまま、目の前のテーブルに鎮座している。

うぅ、ご飯は餌じゃないもん。白飯様だもん。至高の食べ物だもん。

そんな言い草が通用するわけもなく。

……まずい。このままでは白飯様禁止令が出てしまう。それだけは全力で回避しなくてはならない。

「お父様、これは素晴らしい食材なのですわ！　我が国では飼料としてしか認識されておりませんが、東の島国……ヤハトゥールでは日常的に食されているのです」

多分ね。まだ確証はないけど。でも、きっとそうに違いないよ？

「そうなのか？　しかし、これは馬や家畜の餌なのだぞ？」

前のめりで力説する私に怯《ひる》みつつも、お父様は「餌にされていたのだから食べても美味《うま》くないだろう？　わざわざそんなものを食べるなんて」と反論する。

「あら、お父様ともあろうお方が、今までの常識にとらわれて、お米のポテンシャルに目を向けないのですか？」

「ぽてんしゃる？」

おっと、いけない。訝《いぶか》しげに聞き返されたけれど、ここが正念場とたたみかける。

「ええと、お米の持つ可能性ですわ。調理法さえ間違えなければ、これほど美味しいものはございません。旅や遠征の道中、カチコチに干からびたパンを我慢《がまん》して食べずとも、美味しい食事がいただけるのです」

「しかし、家畜の餌だぞ？」

ええい、まだ言うかっ！

「論より証拠、ですわ。それを召し上がってみてくださいな。すっかり冷《さ》めてはいますが、それでも美味しくいただけますの。真価をご理解いただくには十分。いえ、冷えてもなお美味しいことがおわかりになるはずですわ！」

ああ、おこげちゃん……きっとまた美味しく炊いて、あなたと再会してみせるから、お父様にあなたの魅力を思い知らせてやってちょうだいっ！

「し、しかしだな」

元は家畜の餌という固定観念を払拭《ふっしょく》できないお父様は怯《ひる》んでしまい、なかなか塩むすびに手を出さない。ぐぬぬ……かくなる上は。

「お父様？　それは、私が手ずから調理しましたの。娘の愛情こもった料理が、食べられないと？　そうおっしゃるのですか？」

悲しいですわ、とちょっとズルして水魔法で涙をポロリと落としてみせた。必殺！　乙女《おとめ》の泣き落としイィ！

「娘の愛情こもった？　……よし、いただこう」

お父様は慌ててガッと塩むすびを手に取り、一瞬躊躇《ちゅうちょ》したものの、覚悟を決めてバクリと一口で食べた。チョロい。

「それでこそ私の大好きなお父様ですわ。よーっく噛《か》んでくださいましね。甘みが増しますわ」

お父様をしっかり持ち上げることも忘れない。さあ、お父様、お味はいかが？

「……美味《うま》い」

まるで罰ゲームであるかのごとく口にしたものの、意外な美味しさに驚きを隠せず目を見張るお父様。いよっしゃー！　掴《つか》みはばっちりだ！

「な、なんだこれは。クリステアの言う通り、噛《か》めば噛《か》むほど甘みが増していく。それに、この食感。もっちりとした柔らかさの中に紛《まぎ》れた、こげの部分がアクセントとなり、香ばしさが……」

滔々《とうとう》と、お父様は食レポのような発言を繰り広げる。

ふっ、陥落《かんらく》したな。大事なおこげちゃん付きの塩むすびを譲ったのだ。当然の結果と言えよう。説得の仕上げにかかろうではないか。

「……とまあ、このように食材としても優秀ですが、実はそれだけではないのです」

残るはお母様だ。勢いにつられて一緒に食べてくれるかと思ったけれど、淑女《しゅくじょ》としてのプライドなのか、ダメだった。手強《てごわ》い。しかし、お母様向けの奥の手がある。

「お母様には、これを……」

「？　何かしら？」

お母様には、ポケットに忍ばせていた巾着袋《きんちゃくぶくろ》をそっと手渡す。

「この中に入っているのは、『ぬか』といって お米を食べやすいよう加工する際に出る副産物ですわ。これで顔や身体を洗うとお肌がツルツルになるのです。他にも、食器洗いに利用できますし、木の床や手すりなども、これを使えば綺麗に磨き上げられますわ」

そう、おばあちゃんの知恵袋だ。

「これでお肌がツルツルに!?」

「ええ、ツルツルの美肌に」

真剣な眼差しで問うお母様に、同じく真剣な顔でコクリと頷く。

「そう、これで美肌になるの。そう……」

お母様は、ツルツル美肌という言葉に惹《ひ》かれたようだ。

我が家からドリスタン王国に、お米文化が広まる……かもしれない。いや、広めてみせる!


こうして、エリスフィード家の食卓にお米が導入され、皆のお肌がツルツルになり、屋敷中がピカピカになっていった。

美味しくて、しかも仕入れ値が安いとあって、使用人もかなりの人たちがご飯を食べいちまさん（仮）の名前は、セイ・シキシマというそうだ。おセイちゃんかぁ。可愛いなぁ。

おセイちゃんはドリスタン王国でいう貴族に相当するお武家の子で、来年私が入学するアデリア学園に留学生として来たそうだ。こちらの生活に慣れるために早めにドリスタン入りしたとのこと。あの大男さんは商人だけど、入学までの間はおセイちゃんの護衛も兼ねているそうだ。

なぜ留学するのかといえば、ヤハトゥールは宗教や生活習慣がこちらとは異なるのでその違いを知り、良いものは取り入れて自国の発展に役立てたいかららしい。すごいなぁ、真面目だなぁ。

私だったら単身で知らない国に留学とか……いや、ヤハトゥールなら行きたいな。むしろ住みたい。きっと馴染《なじ》めるに違いない。

「フレンチトーストがお口にあったようで嬉《うれ》しいですわ。作るのは簡単ですので、あとでレシピをお渡ししますね。私としてはこちらのお煎餅《せんべい》のほうが好みですけれど」

手土産《みやげ》にといただいた醤油煎餅《しょうゆせんべい》をバリバリと、でもできるだけお上品に食べながら、懐《なつ》かしい食感と味を堪能していた。あー美味しいっ！

「おぬし、なかなかに渋好みじゃのう」

「これで緑茶があれば最高なのですけど」

はあ、ない物ねだりだよね。紅茶があるのだから、製法さえ変えれば緑茶も作れるんだけどな。紅茶は完全発酵茶、緑茶は摘み取ってすぐに加熱して発酵させないようにした不発酵茶というだけで、元は同じ種類の茶葉のはず。ちなみに、烏龍茶は半発酵茶だ。

「茶か。あれは渋くて苦いため、あまり反応が良うなかったらしいので今回は数が少ないようじゃが……」

な、ナンダッテー!?

「あるのですかっ!?」

「ある。ただ、数が少ないので少々お高いが」

「かかか買いますっ！　で、あの、煎茶《せんちゃ》、玉露《ぎょくろ》、抹茶のどれがあるのですか!?」

「ほんにおぬしは渋好みじゃの。全部欲しいのか？」

「はい！　できれば、抹茶多めで!!」

「こ、心得た」

やった！　お茶確保ー！　前のめりすぎて若干引かれたけど。

小豆《あずき》も確保済みだし、これで抹茶スイーツも作れる！　これから暑くなるし、宇治金《うじきん》時《とき》のかき氷とかもいいよね。これはガルバノおじさまに相談してかき氷機の製造に着手ん……！　前言撤回《てっかい》、ギルティどころか、もふもふは正義《ジャスティス》や！

至福のスーパーもふりタイム、スタートです！　ふふふ、前世で下町の野良猫をも落としたこのゴールドフィンガーで、白虎様もイチコロにしてくれるわ！

「ガウガウ、グルル……（どうせなら、あっちのおっぱいのでっかいおねーちゃんに抱かれたいけどな～。んあ～そこそこ、もうちょい強く）」

んん？　なんだとぉ⁉　確かにミリアはけしからんおっぱいしてますがね⁉

え？　私？　私はまだお子様なだけ！　発展途上なだけです‼　お母様もけしからんお胸をしてますし、将来有望なんですからねっ⁉

って、そうじゃなくて！　ええ、またこの声⁉

「これ、トラ。無駄口叩《たた》かず行儀よくせんか。だらしのない」

おセイちゃんが眉根を寄せ、もふられて気持ちよくだら～んと伸びている白虎様に注意した。

え、ま、まさか⁉

「ガウ？　ガウゥ（んぁ？　だーいじょーぶだって！　聞こえやしねぇんだし～？）」

私のゴールドフィンガーで、野性の「や」の字もないだらけた姿で答える白虎様。

まじか。これはもしかしなくても……

「大丈夫じゃありませんわ……聞こえてますもの」

まさかとは思いつつも、カマをかけてみる。

「なんじゃと!?」

「ガウ!?（は？　ウソだろ!?）」

おセイちゃんと白虎様が驚いている。

「残念ながら、ウソではございませんわ。……色々とささやかで、申し訳ありませんわね？」

うふふ……と、にっこり笑いながら言うと、白虎様はビクッとして居住まいを正した。大変気まずそうである。

正直言って、残念なのは白虎様、あんたのオヤジ的発言だよ!!　と思ったが、聖獣様相手なので黙っておいた。ほら私、身体は子供で中身は大人、ですからね。大人の対応ってやつです。

「ガウ……（マジかよ……）」

「トラ……このたわけめ」

おセイちゃんは白虎様に手を焼いているみたいだなぁ。うーむ……美少女って、苦悩する姿も絵になるのねぇ。

「あの……どうかなさいましたか？」

ミリアだけが、この状況についてこられずキョトンとしていた。手元は、白虎様をもふりたそうにウズウズしていたけれど。

そんなわけで、結局のところ、チャラい声の主は白虎様でした。

「クリステア殿は聖獣と相性が良いのかもしれぬなぁ」

「ガウ（だなぁ。まさか異国の地で俺の声が聞ける奴に出会えるたぁ思わなかったぜ……）」

そう言いながら白虎様は、私の分のフレンチトーストを食べている。えっ、いいのかそんなの食べて。……ていうか、聖獣様って食べたりするんだね？

聞けば、食べ物が直接栄養になるのではなく、食べ物に宿る魔力のようなものを摂取しているらしい。作り手の魔力が料理の味に影響するのだとか。そういう意味では、私の作ったフレンチトーストは美味しいそうだ。そりゃよかった。

「私は相性が良いのでしょうか……。とにかくびっくりしましたわ」

主に白虎様のギャップにな！　神聖さのかけらもなかったからね！

「クリステア様、本当に聖獣様のお話ししていることがおわかりになるんですか？」

ミリアもびっくりしている。そりゃそうだよな〜。私だって、まさかって思ったもん。

「ええ、そうみたい。でも、お父様達にはこのことは内密にね？」

これ以上悩みの種を増やしたら悪いな、って思いと、これ以上何かしでかしたら本気で部屋から一歩も出してもらえないかもしれない、という危機感から内緒にしたいのだ。

「え、でも……」

「お願い」

うん、「報連相《ほうれんそう》」は大事だよ？　でもね、我が身の自由はもっと大事なんだよ……

「内緒にしてくれたら、白虎様をもふらせていただけるよう交渉するわよ？」

「かしこまりました！」

即答か。ミリアも、もふもふ好きだったんだね。もふもふ同好会でも結成しようかしら？

「ガウ……（え、交渉なんかしなくても、このおっぱいならいつでも大歓迎……）」

「ねぇミリア。白虎様がミリアに伝えたいことがあるみたいよ？」

「ガウッ!?（んなっ！　ちょっ！　まさかバラす気か!?）」

「まあ、なんでしょう？」

期待を込めて白虎様を見つめるミリア。

「ガウッ!?（おいぃぃ!?）」

「ミリアみたいにきれいなお嬢さんに抱っこされるのは光栄だ、ですって」

「あら、まあ！　うふふ、こちらこそ光栄ですわ」

嬉《うれ》しそうに答えるミリア。すまぬ……真実は知らないほうが幸せだと思うよ？

「ガウゥ……（あー、ヒヤヒヤさせやがって……）」

「白虎様、ミリアに伝えたいことがございましたら、私、いつでも、きっちり、正確に、お伝えしますよ？」

脱力する白虎様をミリアに渡しながらそう言うと、白虎様は首をブンブン横に振った。

そうでしょうとも。

「ふ、ははは！　クリステア殿は聖獣の扱いにも長《た》けているようじゃな？」

おセイちゃんが楽しそうに言う。

「そうでしょうか？」

「契約者としての素養があるのかもしれぬのう」

うーん、それはどうかなぁ～？　白虎様以外の聖獣と遭遇したことはないので、なんともいえないなぁ。

「はあ……最近、色々ありすぎて疲れたなぁ……」

ため息をつきつつ、手は忙しく動かす。

夕食後の調理場はすでに片付けが終わり、私の見張りのついでに明日の仕込みをするシンと、私を待つ間それを手伝うミリアだけが残っていた。

今日の夕食はオーク汁だったのだけど、明日も食べたいというお父様のリクエストで、食後から大量に仕込みを始めて、寸胴鍋でコトコト煮込んでいたのだ。

やっぱり、お父様は和食党に違いない。それに、ハマったら飽きるまで繰り返し食べるタイプだったんだね。お母様は、そんなお父様に呆れていたけれど。

「振り回されて疲れてるのは、こっちのほうだっての。特に買い物の時はひどかったな」

シンはその時のことを思い出したのか、げんなりとした。

「あら、女性のお買い物に付き合うってそんなものでしょう?」

前世でもそれは世の常だった。

「知ったような口を。お前の場合は女性のっていうのとはちょっと……いや、かなり違うだろ」

「む?　失礼な」

レディに向かって子供扱いは許しませんぞ?　実際子供だけど!

「なんてーか、暴走する馬を止めるのに必死になるのに近い」

ミリアも、あぁ……うん、と頷いている。

「人ですらなかった!?」

それはそれは、お疲れ様でしたね？　暴走馬……うん、その表現はわからんでもない！

お買い物の時は「何人《なんぴと》たりともオレを止められやしないぜ！　ヒャッハー！」って心境でした。自重はしなかった。する気もなかった。自重さんは家出中です。探さないでください。

しかし、その甲斐《かい》あって私のもとへお宝の山が届いたのだよ!!　ヒャッハー!!

ちなみに、オーク汁に入れるごぼうは、薬草として出回っていたのを市場で見つけた。煎《せん》じて飲めば便秘やむくみ、冷え症などを改善するのだとか。確か、前世でもごぼう茶として売られてたよね？

初めてオーク汁を作った時、私が惜しみなく薬草を料理に使うので、調理場の皆が驚いていたっけ。まあ、見た目は木の根っこだし、料理に使うなんて……と思うよなぁ。使うけど。なんなら、きんぴらも作るけど。

さて、作業が一段落した。たくさん作るのは大変だが、やっぱりオーク汁は鍋いっぱい、大量に作るほうが美味しいよね。料理長をはじめ、さっきから何人かがチラチラとのぞきに来てるけど、まだあげませんからね？　……お父様もですよ？

オーク汁を煮込んでいる間に、生姜とクローブ、シナモンなども先日手に入れたので、蜂蜜《はちみつ》を使って生姜シロップも仕込んでおいた。冷暗所に保管して、一週間もたてばでき上がり。完成したら、お湯で割ったドリンクを冷え性のお母様に飲ませてあげようと思っている。

ぼんやりとそんなことを考えながら、次はオーク肉を生姜味噌《みそ》に漬けていく。あとは焼くだけにしておけば楽だからね。あ、オーク汁と一緒に出したらオーク肉が被《かぶ》っちゃうな。明日いい具合に浸《つ》かったらインベントリに入れておいて、別の日に出すとするか。

珍しくご飯が残っていたので、ついでにおにぎりにして味噌《みそ》焼きにした。味噌《みそ》が手に入ったのが嬉《うれ》しくて、ついつい味噌《みそ》味のメニューばっかり作っちゃうなぁ。いかんいかん。皆が早々に飽きてもいけないから、これもインベントリに入れておくとしよう。

インベントリと言えば、来年はアデリア学園に入学して寮生活となるので、インベントリで大量に料理を持ち込む予定だ。きっと実家のご飯……というか、和食が恋しくなるだろうからね。

インベントリは亜空間なので時間経過はないらしいけど、本当に熱いものは熱いまま、冷たいものは冷たいままなのか、傷《いた》みはしないのか、現在検証中だ。ふふふ。

「クリステア様。お疲れでしょうから、今日はもうお休みになっては?」

怪しく笑う私を見て、ミリアが気遣ってくれた。若干心配する方向が違うような気もしなくもないけど、確かに疲れてるし、このままだと延々と料理を作り続けるループに陥りそうだ。

仕込み終わったオーク汁を、お父様をはじめとした皆の盗み食い防止として鍋ごとインベントリに入れ、後片付けをして休むことにした。背後から「あああ……!」と嘆く声が聞こえたような気がしたけれど、きっと気のせいだよね?


てしっ、てしっ……てしっ。

んむぅ? なんか、顔にてしてしと当たるものが……。んんん、しかし眠い……ぐぅ。

てしてしてしてし。

ううぅ、ふにふにで気持ち良いですぅ……ぐー。

『おい、起きんか』

んん? ふにふにとした何かが、ほっぺたにてしっと置かれて、ぐにぐにしてくるね?

「……ぬぁ? 白虎様じゃないですかぁ」

ふわぁ、もふもふは今日はもういいです。おやすみなさい。すやぁ……

『お前、結構図太いな。じゃなくて、起きろって』

「んん……まだ朝になってないじゃないですかぁ、うぅ……眠いぃ」

『あー、夜が明けるのはまだ先だな』

「……て。夜中じゃないですかぁ。……んん？　白虎様？　なぜここに？」

『寝ぼけてたのかよ⁉』

ミニ白虎様は、自室のベッドで横になっている私の上に乗っかって、前脚で私のほっぺたをてしてし、ぐにぐにしていた。

肉球てしてしとか……ご褒美ですか、ありがとうございます……んん？

「……なんで副音声じゃなくて普通に話せてるんですか⁉」

『ふくおんせい？　なんかよくわからんが、お前さんには念話が通じるみたいだからな。オレが吼《ほ》えて他の奴らが来たら騒ぎになるだろ？』

「それじゃ私が一人で変な寝言を言ってるみたいじゃないですか⁉」

やだもう。とりあえず、家人を起こさないよう部屋の中に遮音の魔法をかける。

「ふわあ……まったく、なんで乙女《おとめ》の寝室に忍び込んでくるんですかぁ……」

『安心しろ。お子様には興味ねぇから』

そうでしょうとも、おっぱい星人……じゃない、聖獣め。夜中に忍び込んでくるとか、

て、やはりすごいですわ」

　おセイちゃんの魔力量がいかに多いかわかろうというものだ。

「そこまで褒められると面映《おもは》ゆいの。しかし本来聖獣は豊富な魔力を持ち、常に自然から少しずつ魔力を得ている。供給する魔力は多くないので然程《さほど》大変ではないな」

「そうなのですか？」

　なんでも、聖獣は心地よいと感じる魔力を持つ者に惹《ひ》かれると、その魔力と永《なが》く寄り添えるよう、魔力の持ち主を護《まも》るために契約することがほとんどなのだそうだ。永《なが》い時を生きる聖獣ゆえに、人の生きる僅《わず》かな間だけでもそうすることが慰《なぐさ》めになるらしい。……娯楽でもあるようだけど。まあ、ギブアンドテイクってやつですね？

　一方、聖獣ではなく魔獣と契約する契約者もいる。その場合、自分の魔力を餌に契約するので、下手をすると契約前に喰われてしまうこともあるとのこと。魔獣は寄り添うよりも、本能のままに我が身に力を取り込むことを選びがちなのだそうだ。だから、魔獣と契約する者は力ずくでねじ伏せて……というか、隷属《れいぞく》させて無理矢理契約したりするらしい。

　だけどこの場合、契約者が年老いたり病気や怪我で弱ったりして、力関係が逆転した途端に喰われた、なんてこともあるそうで。

なので、魔獣との契約をする者は滅多におらず、遭遇しても喰われる前に封印するか倒してしまうことがほとんどだという。

こわっ！　こわあぁぁ！　魔獣と契約する人ってギャンブラーとしか思えない！　自分の命を賭ける《ベットする》とかないわー、マジないわー。魔獣との契約でも様々な例外はあるそうだけど、そもそもするもんじゃないね！

ちなみに、私が作るお菓子や料理にこもる魔力は、聖獣である彼らにしてみたら美味しいおやつみたいなものらしい。

魔力の質が高い者は、契約者としての素質がある可能性が大だそうだ。

ほほう？　もしかして私も、もふもふゲットできたりしちゃう!?

説明を受けながら、もしかしたら？　と思うことがあったので、おセイちゃんに聞いてみた。

「あの、セイ様の契約聖獣は白虎様と朱雀様以外にもいらっしゃったりするのですか？」

「……なぜ、そう思う？」

おセイちゃんから表情が消え、スゥッと目が眇《すが》められた。あっ、やばい。警戒された？

「なぜ……とは？　セイ様が聖獣様と複数契約できる、素晴らしい魔力をお持ちのようですので、もしかしたら他にも契約している聖獣がいるのでは、と単純にそう考えたのですけど」

特に他意はありませんわ、という風にこてんと小首を傾げる。ただの好奇心からきた質問だもの。

「主《あるじ》が素晴らしいのは当然ですわ！　私が契約しているのですからね？　主《あるじ》は優《すぐ》れた力をお持ちですから、もちろん他にも聖獣《なかま》はおりますわよ？」

えっへん！　と自慢げな朱雀様に毒気を抜かれたようで、おセイちゃんの表情が緩んだ。

「はあ……朱雀よ。其方《そなた》、今日は浮かれすぎだ」

「主《あるじ》が素晴らしいのは当然のことですから！」

「……ふ、まあよい。クリステア殿の言う通り、確かに他にも契約聖獣がいる」

やっぱり！

「しかし片方は人見知りで、もう片方は面倒くさがりでの。目通りはまたにしてくれるか？」

おセイちゃんに言われて頷いた。無理に会わせてもらおうと思っての発言ではないのだし、なんとなく予想がつくからね。

そして、契約聖獣が複数いることは内密に、とも頼まれた。もちろんだ。

確かに、世間に知れたらやばいことに巻き込まれかねない。いざという時の隠し玉としておくくらいがちょうどいい。うっかり聞いてしまったことを反省し、謝罪した。

「かまわぬよ。突然で驚いたが、クリステア殿はこちらにきて初めてできた友であるし、何よりトラや朱雀が警戒しておらぬからな。それだけで信用に値するであろう」

わあぁい！　おセイちゃんからお友達認定いただきました！　やったー！

「友であれば、友とその契約聖獣にまた何か振る舞ってくれるであろう？」

「ええ！　もちろんですわ！」

「楽しみだのう」

お互いに、ふふ、と笑いあったけど、あれ？　実は私って主従揃《そろ》ってたかられてないか？

「おおそうじゃ、忘れておった。トラの詫びとして、茶を進呈《しんてい》しようと思うておったのじゃ」

そう言っておセイちゃんは、玉露《ぎょくろ》、煎茶《せんちゃ》、抹茶のセットをプレゼントしてくれたのだった。

うん、世の中持ちつ持たれつだよね！　今度抹茶プリン作るからね！

うふふふ、やったー！　紅茶以外のお茶がやっと手に入った！　抹茶スイーツ、何作ろうかな？　宇治金時《うじきんとき》のかき氷にケーキ、抹茶生どら焼きもいいなぁ。

……自分がチョロいという自覚はありますが、何か？

「ありがとうございます！　ああ、プリンはまだございますので、よろしかったら噂《うわさ》の聖獣様達のお土産《みやげ》にどうぞ」

「おお、すまぬ。ありがたく頂戴《ちょうだい》しよう」

『なあ、俺の分は？』

……ん？　白虎様、いつからそこに？

いつの間にか復活したらしい子虎姿の白虎様が、私の足元にいた。

「え？　白虎様の分？　ありませんけど？」

『んな!?　なんで俺の分がないんだよぉ？　ひでぇよぉ！』

子虎サイズだからって、かわい子ぶって泣き真似《まね》しても騙《だま》されませんよ？

お土産《みやげ》のプリンの効果は絶大だったようだ。お礼を言いたいとのことで、後日聖獣の皆様に会わせていただいた。まあ、おやつ目的なんだろうけれども。

予想していた通り、残る聖獣は青龍《せいりゅう》様と玄武《げんぶ》様だった。で・す・よ・ねー！

青龍様は濃い緑のストレートロングの髪を一まとめにした青年で、ちょっと神経質そうな雰囲気のイケメンだ。人見知りっていうのは青龍様だろうなぁ。聖獣の姿は、やはり東洋龍らしい。うわあ～見てみたい！

玄武様は動くのが面倒だ、と亀の姿で青龍様に運んでもらっていた。なるほど、面倒くさがりだね。

今日は、親子丼を振る舞うことにしました。鶏《にわとり》に似た鳥のモモ肉とその卵を使って作りましたよ～。

親子丼を作るあの鍋は、ガルバノおじさまにお願いしました。「こんなヘンテコな形の鍋を何個も作ってどうするんだ？」と言われたけれど、我が家は大人数ですからね。同時にいっぱい作るためには鍋もたくさん必要だよね？

お肉や玉ねぎを煮込んで火が通ったら、たっぷりの卵を二回に分けてかける。卵は、熱々のご飯の上に載っけて、蓋を開けるまでの間も余熱でどんどん固まっていくので、その時間も計算に入れなければならない。

私の場合はインベントリがあるので大丈夫だけど、料理長には十分言い含めておいた。

三つ葉は我が家の敷地内に流れる小川に自生していたのを散策中に見つけたので、それを使う。同じくクレソンもあったから、これはおひたしにしてみたよ。

「さあ皆様、召し上がれ」

「「「「いただきます」」」」

人払いした客間にて、おセイちゃんをはじめ、四神獣の皆様にも振る舞う。

お？　玄武様が人型に!?　なんとなくおじいちゃんを想像していたけれど、私たちと大して変わらない見た目の、気だるげな美少年ですね!?

「聖獣様は皆お若いのですか？」

絶対、見た目通りの年齢じゃないと思うんだけど。

「いや、彼らは姿を自由に変えられるのでな。一番楽な姿をしているにすぎぬよ」

……てことは、玄武様は子供の姿のほうが力を浪費しなくていいってことなのね。

玄武様はのんびりと、ゆっくり、よく噛《か》んで食べてますね。良いことです。

「美味《うま》い！　もう一杯！」

え？　白虎様、もう食べ終わったの？

「おかわりはございませんけど……」

「これっぽっちじゃ足りねぇよ～」

不満そうに空《から》の丼を見つめる白虎様。

「ご不満でしたら、この後のデザートは白虎様の分はなしで……」

「あっ！　うそうそ！　今のは撤回《てっかい》！」

「はい、大人しく待っててくださいね？」

即座に口を噤《つぐ》む白虎様。今度からこの手でいくか。

「まあ！　この後にデザートもあるんですの!?　私、幸せで昇天してしまいそう……」

朱雀様は安定のえろ食レポを繰り広げていた。人目がないとはいえ、少し控えめでお願いしますね？　あ、恍惚《こうこつ》とした表情でぷるぷると震えてます。だめだこりゃ。

青龍様は黙々と食べていらっしゃるわね。お口に合わなかったのかな？　あっ、白虎様に狙われてるのに気づいて急いで食べ始めた。無表情でいっぱいに頬張ってるのはちょっと怖いですよ……

おセイちゃんはご機嫌で食べてる。お口に合ったようで何よりです。

「あっ、セイ様。ほっぺにご飯粒が付いてますよ？」

「え？　あ、かたじけない」

うふふ、赤くなって可愛いですね！　一人と四神獣様達それぞれの食べ方に性格が出ていて、見てて楽しいなぁ。またごちそうしなくてはだね！

それにしても、四神獣って中国の神様なのでは？　と思ったけど、追及するのはやめておこう。

ヤハトゥールは、アジアの文化がごちゃまぜになったような国なのかもしれない。い

現れた。

「ちょっ、ちょっとシン！　どうしたの⁉　大丈夫⁉」

慌てて駆け寄ると、待ったをかけられた。

「いや、ケガをしたわけじゃないから。新鮮なオークが手に入ったから解体してたんだ」

えっ、オークを解体⁉　シンって解体とかできるんだ。しかもオークって。ひえぇ。豚の解体をテレビで見たことあるけど、超グロかったよ？

「ああ、でもお嬢がいてくれて助かった。血抜きの時にうっかりしてな。クリア魔法をかけてもらえると助かるんだが」

あっ、そうだね。クリア魔法でキレイにしたほうがいいね。そのくらいお安い御用よ。

「はい……と。これでいいかな。念のため、手指は念入りにしておきましょうね」

食材を触《さわ》るんだから、消毒代わりに。除菌するイメージで。

「ありがとな、助かった」

水浴びしなくて済んだ、と喜ぶシン。ああ、近頃暑いとはいえ、井戸水は冷たいもんねぇ。

「……って、あれ？　ちょっと待って？」

「なんだ？　オーク肉なら、つぶしたばっかかだから何日か置いとかねぇと美味《うま》くねぇぞ？」

解体後のオーク肉を持って、貯蔵庫に向かおうとしたシンが言う。

あっ、そうだね。お肉は熟成させないとね……じゃなくて。

「クリア魔法……」

もしかして、クリア魔法をかけたらいけるんじゃない？　最近は魔法省からも、風呂に入れなくともクリア魔法が使える者はマメにキレイにするように、との通達が出されている。そうしたら病気にかかりにくいって。

それって、菌はクリア魔法で死滅するってことなんじゃないの!?

……となれば、やることは決まってる。

「おい、何やって……」

私は置いてあった卵を手に取り、クリア魔法をかけた。さらに割った後の中身にも重ねてクリア魔法を使う。

「……よし」

ここまでしたんだ。後は体を張って試すしかない！

インベントリから炊きたての状態でおひつに入れておいたご飯を出してお茶碗に盛り、卵をかけて醤油《しょうゆ》と一緒に混ぜ込み、すぐさま口にした。

「あっ!!　おまっ……！」

とりあえず、家人に気づかれないよう遮音魔法をかけておく。

そうだ。せっかく来たからには、もふもふ成分は摂取しておかねば。

私は白虎様に手を伸ばし、触《さわ》りながら問う。

「それで？　何の御用ですか？」

『待遇の改善を要求する！』

……それ、私のゴールドフィンガーによるマッサージを受けつつ言うセリフですかね？

「ええと、白虎様はそもそも私の契約聖獣ではないので、待遇の改善と言われましても」

『ちっ、気づいたか』

いや、気づくでしょ。レディに対して舌打ちとか失礼ですよ？

『せっかく美味《うま》いもんがあるのに、腹いっぱい食えないなんてあんまりだろぉ!?』

「美味しいとおっしゃっていただけるのは光栄ですけれど……」

私としては、美味しいものを際限《さいげん》なく食べたいだけ食べていたら、いつかそれが当たり前になって、ありがたみが薄れてしまうような気がするのだ。美味しいものは、ちょっと足りないな～、また食べたいな～って思うくらいがちょうどいいと思っている。

そう考えると、白虎様の場合は食べすぎだ。欲しがるだけ全部与えるのは、白虎様にとってもよろしくないと思う。おセイちゃんの契約聖獣なのに、私が餌付けしてるみたいになるのもね。

そんなことを白虎様に説明した。

『うーむ、じゃあ取引をしようじゃないか』

「取引？」

『そうだ。俺はお前に魔法を教えたり、何か獲物を狩ってきたりしてやる。その対価として食いもんをくれ。それなら契約したわけじゃないし、対等だろ？』

……そうかなぁ？　でも、魔法を教えてもらうっていうのは興味あるな。

「たとえば、転移魔法って教えていただけます？」

インベントリもだけど、転移魔法もなかなかにレア魔法なのだった。

マーレン師によると、現在国内で使用されている転移魔法は、魔法陣を固定させた場の間を移動するものが主体だ。それも結構な魔力を使うので、人を遠方へと転移させる大掛かりなものは魔石で補助したうえで、王族や宮廷魔術師など、魔力の多い者しか使わないそうだ。

たいていは遠方へ書簡などを送ることにしか使われない。前世で言うところのメールとかFAXみたいな感じ？

「ん？　魔力固定できただろ？」

「え？　今のがですか？」

「じゃあお前、今何してたつもりなんだよ？」

……脳筋先生の発言の解読作業をしていましたが。

「あれでいいのですか？」

「ああ。そうだな、試してみるか」

そう言うと、白虎様は私をひょいと子供抱っこするやいなや転移した。

「わっ、ここは？　……て、庭かぁ。びっくりした」

自分の意思とは関係なく転移すると、一瞬どこにいるのかわからなくてびっくりするもんだね。

「よし、ここから自分の魔力の気配がわかるか？」

気配？　……あ、自分の部屋のある方向から馴染《なじ》みのある感じがするかも。

「はい」

「じゃあそれに向かって転移してみな」

そこに向かって…？　と思った瞬間には自室に戻っていた。

「……あれ？」

あっさり転移できた。

「上手くいったな」

遅れて白虎様が転移してきた。

うーむ……たとえるなら、初級の転移が地図を思い浮かべながら行きたい場所へのルートを検索してそのルートをぱっと移動する転移で、今のはあらかじめ座標を固定しておいたのを選択して、ルート検索をすっ飛ばして即ショートカット？　みたいな？

んん？　ん？　……実は私も脳筋寄りの感覚派だったってことは、ない、よね？　……気づかなかったことにしよう。

「よし！　じゃあサクサクいくぞ！　次だ次！」

白虎様ったら張り切ってそう言いますが、こちとら初めてのことだらけでキャパオーバーですよ！

でも、今止めたらこれ以上教えてもらえないかもしれないからやるっきゃない！

「次は魔法陣を使って転移する方法……は、使ったことがないから学園で教えてもらえ」

「ええーっ!?」

ちょ、気合い入れ直したのに、なんという肩すかし。魔法陣ってどうやって書くのか気になってたから知りたかったのに！

「う、使う必要がないから覚えてねぇんだよ。めんどくせぇ魔法陣書いて無駄な魔力使って転移するぐらいなら、そのまま自分で転移したほうが早いし」

それは確かに。自分自身が転移できるのに、わざわざ魔法陣を設置して詠唱しつつ魔力流して……というやり方なんて覚えようとはしないか。

でもね、白虎様はともかく、人はそんなにポンポン転移できないから、魔力さえ流せば転移できる術式を編み出したのだよ。

「はあ……仕方ありませんね」

「悪りぃな。代わりに応用編を教えてやるから」

「応用編？」

「そ。初めに聞いてきただろ？　行ったことのないところになぜ転移できたのかって」

「ああ……」

そうそう。入ったこともない私の寝室に、どうして白虎様が転移できたのか、その答えを聞いてなかった。

「魔力に形があるわけじゃないが、その気配というか、個々で魔力の特徴ってあるだろ？」

ふむ。確かに。マーレン師やおセイちゃん、お父様達……それぞれの魔力のパターンみたいな気配は区別ができるなぁ。指紋のように一人一人違うってことかな？

「ええ、ありますね」

「応用編はな、その魔力の特徴を読み取って、そこめがけて転移するんだ」

「えっ、そんなのどうやって探すのですか？」

「だーから応用編なんだよ。探索魔法を使って、特定した魔力に向かって跳ぶんだ」

前回侵入した時は、お茶した庭まで一旦転移して、そこから私の魔力を探ってきたらしい。そして、ついでにマーキングして帰った、と。

転移魔法と探索魔法のコンビ魔法ねぇ。探索魔法って使ったことないな。

「探索魔法は、魔力を薄く広く、遠くまで広げるイメージだな」

おっ？　珍しく具体的な説明が。ていうか、白虎様？　ついでに探索魔法まで教わってるんだけど気づいてないね？　えへへ、もうけた♪

しかし、うーん……探索魔法って、自分自身がレーダーになるみたいなもんかな？

目を閉じてレーダーを意識しながら、自分の魔力を薄く、波紋のように広げていく。

あっ、なんとなく知ってる魔力がいくつか感じられるね。これは……お父様とお母様かな？　寝室にいるみたい。もうおやすみなのかな？　ミリアは……まだ部屋には戻らず働いているっぽい。ご苦労様です。

えーと、もっともっと範囲を広げてみよう。ん？　ちょっと遠いけど、おセイちゃんの魔力らしきものを感じるね。すごいな、街のほうまで範囲を広げられるんだ。

「わかるか？　自分以外に感じた魔力を頼りに、そこに跳ぶんだ。探索魔法が弾《はじ》かれるようなら、ワナが張られてるかもしれねぇから転移するのはやめとけよ？」

えっ、もう実際に転移するの？　どうしよう、お父様達やミリアのところに転移はまずいよね、色々とバレちゃうし。うーむ、どこにしよう。

あっ、おセイちゃんのところはどうだろう。でも、おセイちゃんのお部屋にいきなり転移はびっくりしちゃうかも。いや、もう寝てるかもしれないから、そっと行って帰ってきたら大丈夫かな？

「ええっと。それじゃ、セイ様のところに転移してみますね！」

保護者（？）の白虎様も一緒に行けば大丈夫だろう。

白虎様の袖《そで》を掴《つか》んで、おセイちゃんの魔力の気配に向けて転移を始める。

「えっ⁉　それはまずいっ‼　ちょ、待っ！」

ん？　白虎様が何やら慌てて止めたような？

あっ、さてはまた内緒で来たのがバレて怒られると思ってるんだ？　へへーんだ、残念！　おセイちゃんにしこたま怒られるがいい！　ふははは！

そんなことを思いながら転移すると、ゆらりと視界が歪《ゆが》んだ。

「……あ、できた」

おセイちゃんが目の前にいる。やった、成功だ。自分の才能がこわいわぁ。思わず自画自賛。

あらら、おセイちゃんたら目を見開いてびっくりしてるよ。ごめんね、起きてたんだ。驚かせちゃったね!?

あっ、それにお着替え中でしたか！　本当にごめんなさい！　これ、私が男ならラッキースケベ展開だね!?

「……セイ様、申し訳ございません。実は白虎様から転移魔法を教わってい……て？」

あら。おセイちゃん、お胸がとってもささやか……というか。ええと、つ、ツルペタ……？　い、いえ。大丈夫ですわ、お着物が似合う体型ってやつです。これからですわよ、大丈夫。

しかし意外ですね。で、でもほら、とってもスレンダーで、おセイちゃんのすらっとした涼やかなイメージにピッタリ！

いや、どのセリフも墓穴を掘っておセイちゃんを傷つけそうだから、いらぬことは言いますまい。

しかし、なんと声をかけたものか。

「クリステア殿、こ、これには、深い事情があってだな」

「……はい？」

おセイちゃんがなぜか焦って……いや、着替え中だったんだから焦りもするか。

ごめんね。不法侵入したのはこっちなんだから……と思いながら、ん？　と視線を下げる。

んん？　おセイちゃん、なんとフンドシ女子だったんです？　意外ですね。

「……え？」

いや、違う。なんと言うか、女子にはない膨らみが、あってはならぬところ、に？

「……ええ？」

ちょ、ちょっと待って。整理しよう。おセイちゃんが、ツルペタで、フンドシ女子で、いや違う、女子じゃなくて？

「……えええ？」

「クリステア殿、落ち着いて、話を聞いてくれるか？」

おセイちゃんがこちらに近寄る。いや、これが落ち着いていられますか!?

「……やべぇ、まずった。すまん」

ちょと白虎様!? どっちに謝ってるんですか!? いやどっちにもかな!? そして今、遮音魔法かけましたね? 賢明です!!

「えええええええええーっ!?」

めちゃくちゃ絶叫した。言っときますけど、ラッキースケベじゃありませんからねっ!?


おセイちゃんは、女の子ではなく、男の娘《こ》、でしたとさ……と、思っていたら。

「誤解なきよう言っておくが、断じて俺は女装趣味なんかじゃないからな?」

おセイちゃん、いや、くん(?)は、男の娘疑惑を否定する。

「それにしては、ずいぶんとあのお姿が板についていたようですけど」

ジト目でツッコミを入れる。

今のおセイちゃんは、長い黒髪を無造作に一つにまとめ、ドリスタンの男物の服をラフに着こなした少年の姿だ。

口調も声のトーンもすっかり男の子で、いつものいちまさんの面影《おもかげ》など微塵《みじん》もない。

着物姿の時はうっすらお化粧もしてたよねぇ? 私より女子力高いなぁと思ってたのに……ぐぬぬ。すっかり騙《だま》された。

いやいや、人聞きの悪い。チャラにしようって提案しただけじゃないの。

とはいえ、確かに何の収穫もないのはかわいそうだなと思い直し、インベントリから先日作り置きしておいたおにぎりとどら焼きを出して渡した。

「おにぎりの中の具は佃煮《つくだに》……昆布《こんぶ》を醬油《しょうゆ》と砂糖で煮つけたものが入ってますわ。どら焼きは、お騒がせしたお詫びとして皆様にお渡しくださいな」

これでセイの説教が少しでも減るといいけど。

「えっ!?　あいつらにもやんの？」

俺の取り分がぁ……などとのたまう白虎様。

うん、前言撤回《てっかい》。セイにこってりと搾《しぼ》られるといいよ？


セイの男の娘《こ》（？）発覚騒動からしばらくの間、女装姿で来訪するセイをまじまじと眺めては怒られる日々が続いた。

だって、ねぇ？　私よりも女子力高いんだよ？　変装のためとはいえ、薄化粧してるし、所作も美しいし。

言葉は古臭い言い回しでちょっと怪しかったけど、男言葉が出てもごまかせるようにわざとだったらしいし、あんなことがなければ、きっと今でも気づかなかったに違いない。

そんな女子力高いセイに勝てるのは料理くらいかもしれない、と思ったけれど、良家の子女が料理って、普通はしないのよね。うっ、レディとしても負けている……

ふと気づいた現実に打ちひしがれながらも、セイが来る前に、あるものを作ろうとしていた。

何というか、唐突に食べたくなるよね、ジャンクフードって。そう、魅惑のポテチ。あの中毒性のあるアレのために、私は調理場でジャガイモをひたすら薄くスライスしていた。

「なあ、イモをこんなに薄く切ってどうするんだよ？　こんなに大量にいらないだろ？」

「いいえ、まだまだ。これだけじゃすぐに足りなくなってしまうわ。ここにある山、全部やってちょうだい。あ、芽はしっかり取ってね」

「まじかよ……」

シンの泣き言を聞き流しながら、私も黙々と作業を進める。

このポテチ作りは、そろそろ芽が出そうだったジャガイモの救済措置でもあるのだ。料理長め、なんでうっかりジャガイモばっか買い込むのよ！　限度ってもんがあるでしょうに。

仕方ないから、昨日はポテトサラダを大量に作った。好評だったけど、またポテトサラダばっかり作らされるのはごめんだから、ポテチ作りでジャガイモの大量消費を目論《もくろ》んでいるのだ。

ジャガイモを薄くスライスするのに使ったのは、ガルバノおじさまにお願いして作ってもらったスライサーだ。鉋《かんな》の改良版みたいなものだけど、ぴったりハマる受け皿と、おろし金的なものもついでに作ってもらったので、何かと重宝しそう。……ピーラーも作ったら売れるかな？

フライドポテトも食べたいので、くし切りタイプで作ることに。基本は塩で味つけするとして、他にも風味づけのためにハーブやスパイス等も準備。

油の温度は百八十度くらい。温度計なんてものはないから、シンにお願いして削り出して作ってもらった菜箸を使い、泡の出方で判断してから、スライスしたジャガイモを投下していく。

獣脂でポテチなんて作る気がしなかったけど、オリーブ油によく似た植物油を見つけたので、それで揚げている。焦げないように返しつつ、できた分から次々と上げていった。しっかり油を切ったら塩やハーブをパラリとかけて、完成。続いてフライドポテトも。

さらに、自家菜園で採れたトマトで作ったケチャップもどきを添える。

「うーん、多分これだけじゃ足りないだろうなぁ。他にも何か揚げようかな？」

ついでに鶏《にわとり》もどきの鳥さんに塩胡椒《しおこしょう》で下味をつけて唐揚げにする。朝の散策で採取したクレソンもフリッターにしてみるか。

揚げ物する時って、油がもったいないからついつい揚げ物だらけになるよね。いかんいかん、これだとバランスが悪いから、サラダとパンも追加しよう。

……あれ、おやつのつもりがどんどん増量していくな……まあいいか。白虎様をはじめ、食いしん坊ばっかだし。

そんなことを考えつつ、揚げ物祭りの準備は完了した。

調理場に残っていた、味見を期待している人たちの分を取り分けて、残りはインベントリに。

「これは皆の試食分よ。後で感想を聞かせてね？」

ジリジリと距離を詰めてきていた彼らを迂回《うかい》するようにして調理場を抜け出し、獲物に群がる野獣たちの気配に気づかない振りをして立ち去るのであった。

「さあ皆様、召し上がれ」

どどん！　とインベントリから次々と料理を取り出し、セイと四神獣の皆様方に振る舞う。

「おお！　待ってました！」

「クリステア殿、馳走になる」

「いただきますわ！」

「いただきます」

「……ます」

うん、やっぱりお肉から先に手が出るよねぇ。食いしん坊かつ大食らいの彼らにとっては、唐揚げもおやつみたいなもんなんだろうけど。

私はさすがにおやつにお肉を食べる気はしなかったので、本命のポテチに手を伸ばした。

パリッといい音が響く。ああ……これこれ、この食感。懐《なつ》かしいなー。手が止まらないわー。

パリパリとひたすら私がポテチを食べ続けるので気になったらしく、一通り食べ終わったセイもポテチを口に運んだ。

「ほう、これはなかなか美味だな。軽い食感で後を引く」

そう言って次のポテチへと手を伸ばす。うんうん。そうだろう、そうだろう。止まらないよね！

「おっ！　こっちのイモも美味《うま》いぜ！　赤いのをつけて食べるとまた違う味で楽しめるな！」

白虎様が唐揚げとサラダをパンに挟んで食べつつ、合間にフライドポテトをつまんでいる。……食に対しての貪欲《どんよく》さは白虎様が一番だな。

「ふむ……。同じジャガイモでも、調理次第でここまで様変わりするとは」

興味深い、と感心しながらポテチとフライドポテトを交互に食べる青龍様。真面目か。

「……おかわり」

えっ？　玄武様、結構食べてたよね!?　見れば、見事に玄武様の周囲の食べ物が消えている。い、いつの間に……。その小さくて細っこい身体のどこに入るの!?　食べても太らないなんて羨《うらや》ましい。しかし燃費悪いな!?

「まあ!?　これは大発見ですわ。この赤いのとサラダに添えてあった白いのを混ぜて食べると、とても官能的なお味に！」

ああ、オーロラソースね。朱雀様、安定のえろ食レポですか。オーロラソースは別に官能的ではないと思うんだけど……あ、またうっとりと別世界に。うん、放っておこう。そうしよう。

「クリステア殿、毎度すまないな。食い意地のはった者ばかりで」

てことは、現在自由にＴＫＧが食べられるのは私だけってことに？

……なんてこった。この美味しさを普及できないなんて。

いや、私は諦《あきら》めないぞ！　皆が美味しくＴＫＧを食べられる日がくるまで頑張るんだ。

まずは、衛生観念から普及させようかな？　大人にも、子供に教えるつもりでバイキンの存在から伝えるか……

第六章　転生令嬢は、賓客を迎える。

「まあ、お兄様が休暇に帰ってくるのですか？　それは珍しいですわね」

日に日に暑さが増し、すっかり夏と言ってもいい季節を迎えたある日の朝食の席でのこと。

一足先に王都にある学園に入学し寮生活をしているお兄様が久しぶりに帰省する旨を、お父様から告げられた。

「ああ。ノーマンからの手紙によると、夏期休暇の間はできるだけ長くこちらで過ごすようだ」

えっ？　それは本当に珍しい。

我が領地は広大だけれど、屋敷を構えている街は王都からほど近いところにある。王都から日帰りはさすがに無理とはいえ、気軽に行って帰れる距離。

だけどお兄様は、今までならば数日滞在したら、王都にあるお屋敷に戻っていたというのに。

その理由は、お兄様は王太子殿下の同級生かつ友人であり、未来の片腕となる立場ということで「できるだけ殿下のお傍《そば》にいなくては！」と使命感に燃えているからだ。

まあそれは建前で、王都で殿下とつるんでいるほうが楽しいからだろうと私は推測している。

きっと今回もなんだかんだ言って、飽きたらすぐに王都に戻るんだろうなぁ。ちょっとさみしい。アデリア学園入学に備えて、学園の話なんかもゆっくり聞きたいんだけどな。

「そうなんですのね。お兄様が戻られたら、色々とご馳走を作らなくてはいけませんわね？」

なかなか帰省しないお兄様は、ヤハトゥールの食材を見つけてからの料理を知らないので驚くだろうなぁ……ふふふ。腕によりをかけて作りましょうとも！

「ああそうだ。ノーマンと一緒に王太子殿下が視察も兼ねて我が家に滞在するそうなのびれなんてなくてもいいじゃない。

若干青ざめながらも笑顔は絶やさず、到着を今か今かと待ちかねているところだ。

ちなみに、今回の帰省は王太子殿下が同行するため、警備の関係で馬車を使わず、王宮から転移陣での移動となったそうだ。普通なら貴族の役割として道中の街でお金を落としていくのが常なんだけどね。

我が公爵家は過去に王族の姫君が降嫁《こうか》されたことが何度もあるため、王族の血を濃く受け継いでいることもあり、王家からの信頼が厚く、もっとも近しい貴族なのだ。ゆえに有事の際など、迅速に対応できるように王宮への転移陣を設置することが許されており、その専用部屋が離れにある。

離れに設置されているのは、万一敵が敷地に入り込むことがあっても、転移陣のある場所へ簡単に出入りができないように仕掛けがしてあるからだ。まあ、お父様はちょいちょい、転移陣でズルして王都へ通っているみたいなんだけど。道理で仕事があるはずなのに、こっちの屋敷によくいるなぁと思ったよ。私は転移部屋に入ったことがないんだよねぇ。いいなぁ。

そして現在、その離れにある転移部屋の続きの間に、私たちは控えている。

しかし、なかなか来ないな。

「……お母様、苦しいです。一旦、(コルセットを)緩めに行っても？」

「クリステア、我慢《がまん》なさい。貴女《あなた》の将来のためですよ」

笑顔を崩さず、瞳だけは獲物を狙う猛禽類《もうきんるい》のごとくギラリと光らせるお母様。

「は、はい……」

こわいよぉ……ガクブル。

あのですね、お母様？　その将来は私にとって何の魅力もございませんわ。王族に嫁《とつ》ぐなんて、私にとっては不自由でしかありませんもの。主に食生活で。

久々に……いや、前世の記憶が戻ってから初めて着けたコルセットがキツくて意識が朦朧《もうろう》としており、もはや気力だけで立っていた。お、お出迎えが終わったら何か理由をつけて退出して、ミリアにコルセットを緩めてもらおう。このままでは座ってゆっくりお茶すら飲めなそうだ。

「失礼いたします。王太子殿下、並びにノーマン様がいらっしゃいます」

転移部屋から現れた、安全を確認するための先ぶれの術師が続きの間のドアを開け、周囲を窺《うかが》いつつそう告げる。

お父様をはじめ、皆の気が引き締まった。

さあいよいよだ。早く挨拶を終わらせてコルセットを緩めるんだ！

あともう一踏ん張り、耐えろ、私！

扉の向こうで大きな魔力が感じられたと思うと、すぐさま霧散し、覚えのある気配が現れた。第一陣の到着だ。扉が開くと、お兄様が従者を連れて出てきた。

「父上、母上。ただいま戻りました」

「うむ。久々の我が家だ。ゆっくりするがいい」

「お帰り、ノーマン。元気そうで安心したわ」

まずはお兄様が続きの間へとやってきて挨拶し、私の存在に気づくと爽《さわ》やかな笑顔で声をかけた。

「やあ、クリステア。久しぶりだね」

「お帰りなさいませ、お兄様」

おお、本当に久しぶりだねぇ、お兄様。久々すぎてすっかり様変わりしちゃってまあ。最後にお会いした時はまだ幼さの残るあどけないお顔だったのに、今や背も伸びて少し大人びて見える。

「しばらく会わない間に素敵なレディになったね」

「まあ、お兄様ったら。お兄様も素敵ですわ」

うふふ、と微笑みあう。元々クリステアに甘々な兄ではあったけれど、さらに口が上手くなったのは王都で暮らしていた影響なのかしらね。

「おい、ノーマン。それが噂《うわさ》の妹か？」

お兄様の背後から失礼な声が聞こえた。むっ、誰だ？　人を「それ」扱いする奴は!?

「ああ、申し訳ありませんでした、レイモンド殿下。久しぶりに家族と会うので嬉《うれ》しくてつい」

げげっ、まさかの王太子殿下!?

「だからいつもマメに帰省しろと言ってるだろ」

「殿下は目を離したらどこへ行くかわかりませんからね。おちおち帰省もできませんよ」

「俺のせいかよ？」

「ふふ。でも今回は殿下のご配慮に感謝しますよ」

「ふん。俺はただ視察に来ただけだからな！」

おお……王太子殿下はツンデレさんか？

王太子殿下は、鮮やかなグリーンの瞳に、光の加減によっては赤にも見える金髪だった。くせっ毛らしく、髪の毛まで態度と同じくツンツンしている。

対して、お兄様はストレートの白金の髪にアイスブルーの瞳。一見冷たい印象だけれど、柔らかく笑うその様は、ドレスを着れば深窓《しんそう》の令嬢で通りそうなくらい美しい。

うん、二人並ぶと、うっかりいけない妄想がはかどりそうだな……と、いかんいかん。前世がオタクなもんで、ついね。てへ。

「王太子殿下、この度は我が領地へお越しいただき、光栄でございます」

お父様とお母様が王太子殿下に挨拶をする。

「ああ、堅苦しいのはなしだ。友人の家に遊びに来た、ただの級友と思ってほしい。領土の視察など単なる口実だからな。ただし、小言もなしで頼むぞ？」

「おや？　息子の同級生であれば、悪さをすれば一緒に説教は免《まぬが》れませんぞ？」

ははは……と和《なご》やかな雰囲気に、一人ぽつんと置いてけぼりな私。……えーと。

「ああ、殿下。娘のクリステアです。クリステア、ご挨拶しなさい」

私の様子に気づいたお父様が紹介してくれた。意外と空気読んでるな、お父様。

「はじめまして、王太子殿下。クリステアと申します」

にっこり笑ってお母様におさらいで猛特訓させられたカーテシーを披露《ひろう》した。私としては及第点だったと思うけれど。お母様の評価如何《いかん》では、また猛特訓の日々が続くので必死である。

「ああ、お前が噂《うわさ》の悪食《あくじき》令嬢か？」

……は？　今なんておっしゃいました!?

「噂《うわさ》の、あ、あく……？」

今なんて言った？　この王太子殿下は!?

お父様とお母様がハッとした表情を見せたということは、例の変な噂《うわさ》ってまさかこのこと!?

「馬の餌だろうが、どんなものでも躊躇《ちゅうちょ》なく料理して食う悪食《あくじき》令嬢って噂《うわさ》だが？」

「あ、悪食《あくじき》っ!?」

不名誉な！　なんてこった、そんな噂《うわさ》が巷《ちまた》で広がっていたとは。

大体、馬の餌って言うけれど、最近はお米が美味しい穀物《こくもつ》だって認知されてるんだからねっ！

「殿下。私の妹を侮辱《ぶじょく》するのはやめてくださいませんか？」

冷《ひ》ややかに王太子殿下を見つめながら言い放つお兄様。ひゃっ？　なんだか周囲の温度が下がったような!?

「す、すまん。しかし、色々と美味《うま》いものを考案したと聞くが、こんなガキが本当に？」

「……殿下、レディに対して失礼ですよ？」

「……すまん」

何だろう、お兄様のほうが立場が上みたいな……殿下がタジタジだ。

「ごめんね、クリステア。こう見えても殿下はクリステアの料理を楽しみにしてきたんだよ？」

お兄様は冷《ひ》ややかな空気を一変させ、春を思わせるにこやかな笑顔で振り向き、王太子殿下をフォローする。

……とてもそのようには見えませんでしたけどぉ？　うう、根に持っちゃうんだからねっ。

「……まあ、俺が直々に食べて美味《うま》ければ、俺のお墨付きってことでそんな噂《うわさ》も消えるだろう」

にっと笑っておっしゃいますが、王太子殿下？　悪食《あくじき》王太子と悪食《あくじき》令嬢、悪食《あくじき》セレブのツートップ……とか、そんなオチにはなりませんかね？　不敬罪になるからそれはないか。

「さ、さあ、殿下！　いつまでもここにいては従僕たちが荷物を運び出せませんから。お茶の支度をさせておりますので、そちらへ参りましょう」

お父様が焦ったように王太子殿下を促す。

……この様子だと、お父様も噂《うわさ》の全容を知ってたな？　ぐぬぬ……

でも私を溺愛《できあい》しているお父様のことだ。この前の発言どおり、噂《うわさ》を聞きつけた時点でその輩《やから》に制裁《せいさい》を加えているに違いない。それに免じて、黙っていたことは許して差し上げますわ。

「ああ。クリステア嬢、今日の晩餐《ばんさん》は楽しみにしているからな」

「ええ、楽しみになさっていてくださいませ」

にこにことそう告げて、客間へと案内されていく王太子殿下を見送った。

……スペシャルメニューを準備して歓待いたしますわ、王太子殿下。

ふふふと黒い笑みを浮かべながら、とりあえず自室へと急ぐことにした。

とにかく、コルセットを、どうにか、せねば。もう限界だーっ！

怒りと貧血でふらふらになりながらも、今夜のメニューの一部を変更しなくては、と考えるのだった。


「うっわ、なんだこれ、ものすごく美味《うま》いな！　こんな美味《うま》い菓子は初めて食べた」

自室でミリアに頼んで、どうにか耐えられる程度にコルセットを緩めてもらい、お兄様たちのいる応接間にやってきた。はあ……やっとまともに息ができるよ。

王太子殿下は、お茶うけとして出されたミルクレープを食べ始めたところのようだ。

そりゃあ美味しいだろう。朝からせっせとクレープ焼きまくったからね。

「本当だ。甘さもくどくなくてちょうどいいし、そしてこの層の美しさときたら、素晴らしいの一言に尽きるね。これも、クリステアが考えたのかい？」

花がほころぶような笑みを浮かべて、ミルクレープを楽しんでいるお兄様。うん、やっぱり作ってよかった。

「ええ。喜んでいただけたようでよかったですわ」

にっこり笑って答え、自分もミルクレープを食べようと席に着いた……のだけど。

フォークを手に取った途端、刺さるような視線を感じた。そちらを見ると、王太子殿下が私のミルクレープを凝視《ぎょうし》している。

自分のは？　……もう食べたのか、早いな。一応、王太子殿下とお兄様とお父様の分は、大きめに切り分けてもらったはずなんだけど。

「それ、まだあるか？」

おかわりですか。もうありませんよ。なんかもうこの展開デジャブすぎなんですけど。

「あいにく、残りはもうございませんわ。追加を作ろうにも、手間と時間がかかりますので」

申し訳ございませんわ、とすげなく答えて食べようとするも、めっちゃくちゃ見られていて食べづらいことこの上ない。……仕方ない。

「私の分でよろしければ、召し上がりますか？」

「いいのか？」

いいよ、もう。このまま食べて恨《うら》まれてもいやだし。後でインベントリに備蓄しているどら焼きでも食べよう。

「殿下。妹の食べ残しを殿下に召し上がっていただくわけにはまいりません。僕がいただきます」

お、お兄様？　私は一口も食べてませんよ⁉　さすがに食べ残しを王族に渡したりなんて非常識なことはしませんって。

「いや、まだ手をつけてな……」

「そうです、殿下。娘の食べ残しなど滅相《めっそう》もない。これは父親である私が責任もっていただくことにしましょう」

お父様まで。いやだから、まだ食べてないってば。

「いえ父上、これは僕が」

「いや待てノーマン、私が」

「ちょっと待て。それは俺が貰《もら》うと！」

三人して、誰が食べるかでぎゃあぎゃあと騒ぎ出した。コントか。うわあ、面倒くさい。

「お父様、お兄様。それはまだ手をつけておりませんから、どうか殿下に。お父様たちには後でどら焼きを差し上げますわ」

「む、そ、そうか。ならば殿下にお譲りしよう」

「……クリステアがそう言うなら」

二人が引いてくれたので、やれやれ……と思っていたのに、王太子殿下は空気を読まなかった。

「どら……？　なんだ、それも食い物か？　俺の分は？」

しっかりミルクレープを確保しながら言うセリフかっ！

「王太子殿下にお出しできるようなものではございませんわ。それに、食べすぎると晩《ばん》餐《さん》に差し支えますから」

「むう……そうか。なら仕方ないな」

……何だろう、でっかい子供が三人いるみたいだ。疲れた。

「では、私は晩餐《ばんさん》のメニューの確認がございますので、失礼いたしますわね」

そう断ってから席を立つ。

「えっ？　本当にお前が考えてるのか!?」

驚いてこちらを見る王太子殿下。えっ？　って、そう言ったよね？

「ええ、仕込みはほとんど終わっていると思いますが、滞《とどこお》りなくできたのか心配なので、料理長に確認をと思いまして。何しろ新しいレシピですから」

「「「えっ？　新しいレシピ!?」」」

「え、ええ。新作です」

ちょっ、お母様まで反応しないでください。びっくりした。

「そうか、新作か」

まだ誰も食べたことのない料理が出ると聞いて、にんまりと笑う王太子殿下と嬉《うれ》しそうなお兄様。お父様とお母様もなんとなくソワソワしている。

「どんな料理なのか教えてもらっても？」

えっ、それは困る。ネタバレなんて面白くないじゃないか。初めて食べる料理への期待感が薄れてしまったら、新作を出す意味がないでしょうに。

「申し訳ございません。今回のレシピは売るつもりがございませんの。門外不出の料理となるため、お教えするわけにはは」

「「「門外不出!?」」」

ゴクリ、と唾を呑み込む音が方々から聞こえた。

い、いかん、なんか自《みずか》らハードルを上げてしまったような気が。

「で、では、私はこれにて」

引きつった笑顔で退出し、こっそりと調理場へ向かったのだった。


「よう、お嬢。仕込みは済んでるぞ」

調理場に入ると、シンが目ざとく見つけて声をかけてきた。

お母様からは出入り禁止令が出ているけれど、さすがにこの新作は人任せにはできない。幸いお母様は王太子殿下の相手をしているから、今が仕上げのチャンスだ。

「ありがとう。うん、良さそうね」

鍋の中の具材にしっかり火が通っていることを確認し、弱火にした。さあ、仕上げにかかろう。

まずは小麦粉をきつね色になるまで炒めたら、火からおろして魔法で冷《さ》ます。

ここで先日完成させた、例のものをインベントリから取り出した。

ふふふ、市場でスパイス類をしこたま買い込んでから、ちまちまと試作を繰り返し、やっと見つけた理想の配合。そう、私が作っていたのはカレー粉だ。

瓶《びん》の蓋を開けた瞬間に刺激的なスパイスの香りが周囲を圧倒する。

はあ……いい香り。この香りだけで食欲が刺激されるねっ！

「辛いのが苦手でしたら、蜂蜜《はちみつ》やフルーツなどを加えて辛さを抑えた『お子様用』にもできますけど……」

「いや、これでいい。お前が食べられるのに、俺が食べられないなんてことがあるかっ！」

涙目になりながら意地でカレーを食べ進める王太子殿下。おっ？　頑張るね？

「ああ、あまりお水を召し上がられては……。カレーの複雑な味わいを堪能する前に流れて消え去ってしまい、台無しです」

「うぐっ……！」

さらに水をがぶ飲みしようとした王太子殿下に、うわぁ残念な子だなー？　みたいな視線を向けて追い討ちをかける。

「……」

王太子殿下は、私のグラスの水が減っていないことを確認すると、手に持ったグラスをそっと置いて、ヒーハー言いながらも水を我慢《がまん》しつつ食べ続けた。

ふっ、少し溜飲《りゅういん》が下がりました。

「おかわり！　なんか慣れたらクセになるな、この辛さ！」

……な、なん、だと？　王太子殿下が大辛を攻略してしまった、だと!?

そんな、ばかな……。ばかな……

試合に勝って、勝負に負けた。敗北感いっぱいで給仕係におかわりを指示する私なのだった。


カレーを堪能した後は、クールダウンも兼ねてデザートにアイスをご用意しました。

「これは、氷菓か？　この暑い時期によく用意できたな」

「魔法で冷《ひ》やしながら作ったものを、溶けないようインベントリに入れておきましたから」

私が答えると、王太子殿下は納得したように頷く。

「そうか、お前はインベントリ持ちだったな。その歳では珍しい能力だ」

ハハハ、インベントリどころか結界魔法も転移魔法もできますが？

なんとなくわかってたけど、私って、チートだよねぇ……

「おっ、これも美味《うま》いな」

「先ほどの熱が嘘のように引いていきますね」

驚く王太子殿下とお兄様に、お父様とお母様は微笑みを向ける。

「私はこの抹茶味が好きなのですよ。クリステア、もう少しくれないか？」

「私はこのバニラに蜂蜜《はちみつ》をかけるのが好きなんですの」

バニラビーンズが入っていないので、正確にはバニラじゃないんだけど。この世界にバニラビーンズってあるのかなぁ？　あればシュークリームとかも作りたい。

アイスもおかわりを要求されまくったけれど、お腹を壊されて何か毒でも入れたのでは？　と邪推《じゃすい》されては嫌なので、おかわりは一回に制限した。まあ、王太子殿下に限っては大辛だったし？　場合によってはトイレと仲良しになるかもしれないけどねぇ。

ふーんだ！

これだけは王太子殿下の胃腸に期待するしかないな。いや期待しちゃダメか。私も同じものを食べているので難癖《なんくせ》つけられる心配はないけれど……悪食《あくじき》の噂《うわさ》は払拭《ふっしょく》できないかもしれない。

せっかくカレーを作ったからセイ達にも食べてもらいたくて、自室に戻ってから転移し、とっておいた分をデリバリーした。

だって、白虎様あたりが「なんで俺らの分がないんだあっ！」って怒りそうなんだもん。

そういえば白虎様って、なんだかどこぞの王太子とキャラ被《かぶ》ってませんかね？

そうだ、セイに、今我が家に王太子殿下やお兄様がいることも伝えないといけなかったんだ。だって、学園に入学したら、セイはお兄様達の後輩として男子寮に入るんだし。今の姿で、あまり接触しないほうが良いだろう。

セイにそう伝えると、しばらくは訪問を避けるので、転移で料理をデリバリーしてほしいと言われた。お兄様たちが戻るまでの間、聖獣様たちが我慢《がまん》できないからって。

あの、我慢《がまん》できないってどういうことなんです？　少しは我慢《がまん》してくださいよ!?

狭い室内でのカレーは香りの暴力としか言いようがないので、結界内で食べてもらって、最後は服から部屋からぜーんぶクリア魔法で匂い消しをしておいた。カレーの匂いって、本人は自覚なくても結構服に残るからね。

聖獣様たちからは案の定おかわりを要求されたけど、ないものは仕方ないので、また作る約束をして転移で自室に戻った。……スパイス多めに調合して、カレー粉をストックしとこうかな。

セイの部屋から転移魔法で自分の寝室に戻ると、なぜかお兄様がいた。え？　なんで？

ここは私の寝室だよ!?

「クリステア!?　一体これはどういうことなんだ？」

……やばい、お兄様が部屋にいたとは。私の寝室になんて誰もいないだろうって油断

と頑張った結果だ。昔の私なら、ギリギリ初級魔法を習得できる程度だったに違いない。

マーレン師は私が真面目にやるようになって以来、教える端からあっさり使えるようになるもんだから、面白がって短期間で思いっきりしごいて……いや、熱心に指導してくれた。まあ、私がほぼ全ての属性に適性があることも影響しているけどね。

ともあれ、そのおかげで、中級までなら無詠唱でも使えるようになった。大規模に展開する、魔力消費の激しい上級はまだ教わっていない魔法が多く、どこまで使えるのかわからない。上級の習得は、大きな修練場がある学園に入ってからおいおいやっていくかな、と思っている。

最近はマーレン師もちょっとお疲れのようだし。……決して私のせいじゃない、と思いたい。

で、お兄様の質問に戻るけど。うーん、お父様に禁止された理由かあ。

「インベントリをあっさり習得してしまったので、もしかしたら転移も？　と思われたのかもしれません」

「インベントリを？　どれくらいの期間で習得したんだい？　一月《ひとつき》、いや半月とか？」

「半刻です」

半刻とは、一時間程度だ。

「え？」

「半刻、です」

「……テア、本当に？」

嘘です。マーレン師のやたら長い講義を含めています。実際は数分もかかっていません。そんなこと、言えないけど。

「そうか……」

あっ、なんか葛藤《かっとう》してる。そうだよね、ちょっとおかしいよね？　うすうす感じてはいたけど、チートな妹で申し訳ありません‼

「それなら、あっさり転移も習得してしまうかもしれないと危惧《きぐ》して、父上が禁止してもおかしくはないね」

はあ、とため息をつくお兄様。うっ、呆れられた？

「マーレン師が教えてくれなかったのに、一体どうやって転移魔法を習得したんだい？」

キターッ！　それ一番聞いてほしくなかった質問！

どうしよう。「自力です！」なんて納得してもらえないだろうし、「聖獣の白虎様からご飯を食べさせる代わりに教えてもらいました！」なんて、真実を話しても信じてもらえるわけないし。

セイや聖獣様達のことは内緒だけど、それを避けては説明できない。うわぁ、どうしよう。

「テア!?」

お兄様が私を見てぎょっとする。あ、いかん。涙が。まだまだ子供なせいか、感情が高ぶるとどうにも涙腺をコントロールできない。……このまま泣き落としで、うやむやにできないかな？

「今はまだお話しできないのです。でも、必ず説明いたします。だから……」

だから、今は追及しないで？　ね？　と言わんばかりに瞳に涙を滲《にじ》ませ、ウルウルと上目遣いで『お願い』してみた。

「……わかったよ、テア。今は聞かない。父上にも言わないでおく」

お兄様は、はあ、とため息まじりに顔を覆《おお》って俯《うつむ》いた。やったー！　ごまかされてくれた！

「きっと転移した先に関係があるんだろうけど」

お兄様は俯《うつむ》いた姿勢のままそう呟く。ぐっ！　鋭い。

「できれば、僕がこの屋敷に滞在している間に説明してくれると嬉《うれ》しいな。じゃないと、心配で父上に相談してしまいそうだ」

顔を上げてにっこり微笑むお兄様。ぐわっ！　しっかり釘刺された！　ごまかされたままではいてくれないってことね。早くセイに相談しなくちゃ。

「さあもう休もう。遅くまですまなかったね。おやすみ、テア」

おでこにチュッとキスをして、ドアへと向かうお兄様。お、男前すぎやで……

「おやすみなさい、お兄様」

「ああ、そうだ。テア、さっきみたいな可愛らしい仕草は、男の前ではしてはいけないよ？　特に殿下の前では」

「……はい？」

こてん、と首を傾げる。

「……それもだよ、テア」

はあ、と先ほどよりも大きなため息をついてドアを開ける。

「じゃあ、また明日。おやすみ、よい夢を」

うーん、やっぱり泣き落としはあざとすぎるから、お父様やお兄様くらいしかごまかされてはくれないよ？　ってことかな？　……修業あるのみだな。

今度、女子力高いセイに指南《しなん》してもらおう。

おはようございます。クリステアです。一夜明けて若干寝不足気味ですが、朝食の確認があるので頑張って起きました。

「なあ、お嬢。昨日のありゃ何だ？　すっげー美味《うま》かったぜ！」

おっと、ぼんやりしてた。シンが手放しで褒めるとか珍しいな。

現在、調理場のすぐ近くにある部屋を、打ち合わせスペースとして使用している。お母様が抜き打ちで調理場へやってきても「調理場には」入ってませんよーってアピールするための苦肉の策だ。まあ、ちょっと気になってうっかり調理場に入っちゃったりするけれど？　ついうっかりだから仕方ないよね！　ってことで。

「でもなぁ、料理人たちでも一口か良くて二口食べるのがせいぜいだったから、それしか口にできなかった料理人も、食べられなかった他の使用人もすごく不満がってたなぁ」

ああ、クリア魔法をかけてなかったから、残り香《が》だけでも食欲を刺激されちゃったかな？　それは申し訳ないことをした。

「あれはカレーっていうの。スパイスはまた調合するから、それでシンが作ってあげてよ。作り方は、見てたから覚えてるでしょ？」

「わかるけど、あれ門外不出だって聞いたぜ？　俺が作っていいのか？」

「秘密なのはスパイスの調合レシピよ。それ以外はたいして秘密にするような調理法なんてなかったでしょう？」

スパイスの中には薬として扱われているものも多いので、皆が挙《こぞ》ってそれらを買い求めて、薬の材料が不足する事態になってしまうのは避けたいのだ。

「ああ、なるほど。わかった、じゃあスパイスの調合よろしくな」

「任せて」

シンなら、後々スパイスの配合を教えてもいいだろう。私が学園に行っている間、エリスフィード家にカレーなしというのもさみしいだろうし。というか、あの光景を見た後だけに、そうしないと暴動が起きるのではないかと危惧《きぐ》してしまう。

……今朝は周囲にけが人が多いように見えるのは、気のせいだろうか。

うーん、王太子殿下の滞在中、毎朝私が朝食作りの指示を出すのは、さすがにしんどいな。

明日はフレンチトーストにしてもらおう。ある程度のメニューを決めて料理長に渡しておけばいいかな。私が皆の仕事を奪うのもいけないからね。

朝食が終わり、なぜかお兄様と王太子殿下の三人で紅茶を飲むことになった。

お茶うけも要求されたので、クッキーを出したのだが……

はあ……どうしたもんかなぁ。

うっかり転移するとお兄様に見つかってしまうというのが判明したけど、セイに相談しようにも転移ができないし、私は一人悩んでいた。

「おっ、これも美味《うま》いな！」

それはよかったですね。本当に何でもよく食べるなぁ、この王太子殿下は。毒味とか一切しないし。大丈夫なんだろうか、世継ぎがこんな警戒心なしで。

……いかん、話がそれた。セイと連絡をとる方法……あっ！　そうだ、手紙！　手紙だけ転移させたらいいのか！

でも、どこに宛《あ》てて送ればいい？　セイの気配？　外出中だったり、その場に他にも人がいたらまずくないかな。それなら、セイの部屋のテーブルに、とか？　だけど、本人がいないかもしれないところへピンポイントに転移させるなんて、魔法を大雑把にしか使えない私にできるかなぁ。

そうか、だから一般的に転移魔法陣で手紙を送り届けるのか。納得。

いっそシンに頼んで、食材の買い出しも兼ねてバステア商会におつかいに行ってもらうほうが確実かもしれない。まったく、宝ならぬ魔法の持ち腐れだわ。

はあ……念話とかできたらよかったのに。

ん？　念話？　……もしかして、白虎様なら通じるかな？

『白虎様ー？　聞こえますかー？』

なーんてね。そんなに都合よくは……

『なんだ？　どうした？』

「ひゃっ!?」

「クリステア？　どうした？」

「あっ、いえ。何でもありませんわ、お兄様」

「お前、熱でもあるんじゃないか？　さっきからずっと百面相してるぞ」

もう！　殿下ったらうるっさい！　一言余計だ！　でも、ちょうどいいや。

「朝食の準備でいつもより早起きしたので、少し体調が優《すぐ》れないみたいですわ。昼食の準備の時間まで、少し部屋で休ませていただきますね」

お兄様が心配そうにしていたけれど、少し休めば大丈夫、と伝えて部屋に戻った。

いや～びっくりしたぁ。えっ？　今のって？　白虎様に念話通じたの!?

『おい、何の用だ？　食いもんか？　何か食いもんくれんのか？』

あっ、うん、間違いなく白虎様だね。すごく期待たっぷりの声が。ブレないわぁ。

『いえ、あの……申し訳ありません。まさか、本当に念話が通じるとは思わなかったもので。試しに呼んでみただけでして』

『お前なぁ。期待させせんなよ』

なんともがっかりした声。おお、私の料理を待っててくれてるのか。うーん、持っていきたいのは山々なんだけどね。

『申し訳ありません。実は……』

白虎様に、昨夜の件を念話で相談してみた。

『へぇ。普通なら魔力の気配が消えたのなんて気づかないけどなぁ』

『へっ？　そうなのですか？』

『んな、いちいち魔力の気配で誰がいるとかいないとか、ずっと気にしてらんねーだろ』

それもそうだ。

『よっぽどその魔力の持ち主を気にかけてたら別だけどな』

ん？　てことは、たまたまお兄様が私のことを気にした瞬間に、私の魔力の気配が消えちゃったとか、そんな感じだったのかしら？　うっわータイミングわるっ！

『そうですか。それで、兄に転移ができることを知られてしまいまして。どうやって習得したのかと聞かれました』

『答えたのか？』

『いいえ。白虎様たちのことは秘密、とお約束しておりますから。現状は保留にさせていただいている状況ですわ。それでご相談したくて』

『そうか……』

『このまま兄が学園に戻るまで答えずにいることもできますが、その時には父に相談すると言われてしまって』

『お前にとっちゃ、そっちのほうが厄介なんだろ？』

そりゃあもちろん。お父様に知られたら、「どこへ行くかわからん！」と四六時中監視がつくか、お父様の傍《そば》から離してもらえなくなるだろう。それはウザ……いや、煩《わずら》わし……いやいや。うん、お父様には、そろそろ子離れしていただかねばなりませんからね。来年は学園に入学して寮に入るのですから。……そこまで監視の目が入りそうで怖いけれど。

ま、まあ、それはそれとして。今問題なのは、お兄様にどう説明するかだ。どうやらお兄様も、お父様に負けず劣らず過保護みたいだからなぁ。

『ええ、まあ。ですが、すでに習得してしまっていることですし、お父様に知られたところで使えなくなるわけではありませんもの。でも今後は勝手に転移しないよう、監視や護衛が付くかもしれませんね。そうなると、白虎様にごちそうするのもままならなくなりそうですが……』

『えっ⁉　それは困る！　お前の言うこと聞く護衛がいたらいいのか⁉』

いや、護衛なんていらないよ？　お父様にバレないのが一番なんだから。

『いえ、そうではなくてですね』

『待ってろ、お前の護衛に良さそうなのを見繕《みつくろ》ってきてやっから！』

『えっ⁉　ちょっ……』

……念話が途切れちゃった。人の話をちゃんと聞いてよね⁉

それにしても、護衛ってどうするつもりなんだろ？

それから白虎様とコンタクトを取ろうと呼びかけてみたものの、通じなかったので諦《あきら》めざるを得なかった。


さてと、そろそろ昼食の準備のために調理場へ向かいますか。今回は現場監督のみだけど。

今日の昼食はオムライス。チキンライスの上にふわとろのオムレツを載っけて、オムレツを切った途端、トロトロとチキンライスに流れていく様を楽しんでいただく趣向だ。

だけど、ふわとろのオムレツを私一人で人数分作るのは大変だし、全員分を作る間に余熱で卵が固まってしまう。

それに、私が重い鉄のフライパンを振るい続けて肩から腕がガッシリと太ましくなるのは、公爵令嬢としていただけない。

そう考えた私は、ずいぶん前から料理人全体の力量の底上げも兼ねて、一人一人にガルバノおじさま特製の鉄のフライパンをプレゼントしていた。

オムレツ専用のフライパンとして、一人一人が使い込んで育ててほしいと伝えたのだ。

手入れの仕方から教えると、料理人の皆は真剣に聞いてくれて、その日から専用のフライパンでのオムレツ作りが始まった。

オムレツは卵をたっぷり使って贅沢《ぜいたく》に。マヨネーズを入れるとふんわり感が増すので入れる派だ。バターはたっぷり、火は強火。卵液を流し込んだら、菜箸で大きくかき混ぜて、半熟状態になったら、フライパンを傾けて卵を寄せる。すかさず柄《え》を叩《たた》くようにして形を整えたら完成。短い時間で一気に仕上げるのがコツだ。

これを繰り返し身体に覚えこませて、料理人の皆がオムレツを作れるようにした。今では皆が専用のフライパンを鍛え上げ、大切に手入れしている。

男の人って、「専用の◯◯」とか、「こだわりの◯◯」とか、ほんっと好きだよねぇ。

道具の手入れとかさぁ。私は前世ではどちらかというと『ズボラー』だったので、道具は便利ならテフロン加工でも何でもいい。こだわらずに、簡単に美味しく作りたいのだ。実際、鉄のフライパンは手入れを怠《おこた》るとすぐに錆《さ》びちゃうからね。

そうは言いつつも、一応私も自分専用の小さなフライパンを鍛えている。もちろん、私の腕がたくましくならない程度に。だって今は前世と違って、便利なものはそんなにないからね。あるもので美味しく作る努力をするしかないのだ。

でき上がったオムレツをチキンライスに載せて、素早くインベントリへ。

今回は全員ほぼ同時に提供したかったので、できるだけ卵を固まらせないようインベントリに入れたけど、お客様の目の前でオムレツを作って見せるのもパフォーマンスとして良いと思うから、いつかやってみてねと、料理長に伝えておいた。……移動式の魔導コンロを導入しようかな。

ソースはケチャップとデミグラスソースから選んでもらうことにして。

さあ、いただきますか！

「本日の昼食はオムライスにいたしました」

「お、おむ……？」

「オムライス、です」

うん、チキンライスの赤とオムレツの黄色のコントラストが美しいです。

「これはまだ完成ではありません。上に載っている卵を、こう……」

実際にオムレツにナイフを入れて見せる。すると、切れ目からスルリとチキンライスを覆《おお》うように半熟状の卵が流れ落ちた。

「おおっ！　面白そうだな！」

皆が目を輝かせて、自分のオムレツにナイフを入れた。うんうん、このタイプのオムライスは視覚でも楽しめるのがいいよね。

「ソースはケチャップとデミグラスソース、お好きなほうをお選びください」

「ちなみに、どちらが美味《うま》い？」

王太子殿下、選択肢があることに対して学習したのか、ただ単に食いしん坊の性《さが》でより美味しいほうを選びたいだけなのか、私に質問してきた。いや、もう激辛トラップとかありませんから安心して。めんどくさいから。どっちも美味しいから。

「どちらを選ばれても間違いございませんわ。両方ともお試しになりたいのでしたら、半々にかけていただいてもよろしいかと」

まあ、ちょっとお行儀悪い気がしなくもないけど。

「じゃあそうする！」

どちらの味も気になっていたのか、即その提案に乗る王太子殿下。嬉《うれ》しそうに、半々にソースを給仕係にかけてもらっている。エリスフィード家の面々は、それぞれ好みのソースを一種、選んでいた。

さてと、私もいただきますか。ケチャップも捨てがたいけど、今回はデミグラスソースをチョイスした。たっぷりのデミグラスソースにほんの少し生クリームをかけて、黄色と濃茶と白のコントラストを楽しむ。スプーンでスッとすくい取ると、鮮やかな赤いチキンライスが顔をのぞかせた。うん、きれい。

パクリと口にした途端、チキンライスのケチャップの酸味と、卵のトロトロと、デミグラスソースの甘みが一体となって、思わず笑みが溢れる。うん、皆腕を上げたなぁ。これなら我が家から独立してお店を開いてもやっていけるんじゃないかな。

シンも初めは屋台をしていたので、いずれは独立したいのではなかろうかと思い、話をしたことがあった。けれど、「ここにいれば色んな美味《うま》いものを知ることができるんだ。まだまだ辞めらんねぇよ」と笑って言ってくれたのでほっとした。それに「ここにいたい理由もあるしな」って言ってたけど、何だろう？　料理長の座でも狙ってるのかな？

……ん？　なんだか周りが静かだな。

不思議に思って周囲を見回すと、皆スプーンを持ったまま放心していた。

ふぅ、と再びため息を漏らして顔を上げ、悲しげな笑みを浮かべる。

「仕方ありませんわね。私が悪食《あくじき》なだけですもの」

「あ、あのな、俺は別に試してみても……」

「このお話はもう終わりにいたしましょう。無理に勧めるものではありませんものね？」

「え、おい？」

あとはシカトを決め込んだ。ふんだ！　いいもん、私だけのお楽しみにするんだもんねーだ！　黄身だけを贅沢《ぜいたく》に使った卵かけご飯をやけ食いしてやるんだ。

この後、やけ食いのために他にも何か作ろうかと思案していた私は、王太子殿下があたふたと何か話しかけようとしていたのに全く気づかずにいたのだった。

第七章　転生令嬢は、契約する。

ごきげんよう。悪食《あくじき》令嬢クリステアです。

ええ、私、開き直りましてよ？　王太子殿下から悪食《あくじき》令嬢のお墨付きをいただいたので、もう遠慮なんかしません。食べたいものを食べることにします。ふんだ！

だって、王太子殿下が滞在する間ずっと、ヤハトゥールの食材を使わずになんていられると思う？　いやないでしょ⁉

我が家の食に関しては、もはや私がルールブックだ！　私が食べたいものを食べるのだ！

幸い、王太子殿下やお兄様は身体が鈍《なま》らないようにと剣のお稽古《けいこ》中だし、お母様はお抱えの商会が訪問しているのでその対応中だ。

私は、お母様の目がない今がチャンスとばかりに調理場へ駆け込んだ。

半《なか》ばヤケになりつつ、氷魔法で凍らせて水分を飛ばしたパンをごりごりとおろし金でたっぷりと削り、フライパンでから炒りする。これでパン粉の完成だ。

オーク肉を適度な厚みに切り、筋《すじ》切りして肉叩《たた》きで叩《たた》いて食べやすくする。それに塩《しお》胡椒《こしょう》をして小麦粉をはたき、卵にくぐらせ、パン粉をまぶしつけた。オークの脂から採ったラードもどきで揚げて、これでトン……じゃない、オークカツの完成！

多めに揚げておいて、インベントリにひとまず収納。ストック分でカツサンドやカツ丼を作る予定。これ、絶対セイ達が好きなやつだよね。いつ食べさせてあげられるかわからないけど、機会があったらすぐに出せるようにしておこう。

さてと、オークカツとくれば山盛りキャベツの千切りだよね！

てなわけで、キャベツもどきをひたすらダダダダダダダダダッと千切りしていく。

「ふう、こんなもんかな」

おかわりもできるように、大皿に山盛りになるほどにキャベツもどきの千切りを終えると、オオーッと後ろから拍手が聞こえた。……皆、見てないで仕事してくださいよ⁉

一通り作り方を見ていた料理人達は、自分達の賄《まかな》い用に練習がてら作ってみるみたい。皆、腕は良いので次からはまるっとお願いできそうだ。

今回私一人で作ったのは、ストレス解消のために他ならない。パン粉作りに肉叩《たた》き、キャベツの千切りと、一通り終わった頃にはスッキリしていた。

さてと、あとはオークカツにかけるソースと、レモンっぽい柑橘《かんきつ》系の実のくし切りを用意して、お味噌《みそ》汁は料理人達に頼んで……準備はできた、と。

午後のお茶まで時間はあるから、野草採取がてら庭の散策にでも行こうかな？

ミリアは……いないか。敷地の中だし、一人でもいいかな。他の侍女はミリアほど気心が知れていないので、一緒に連れまわすのは気が引けるんだよね。

そう心の中で言い訳しつつ、こっそりと調理場から抜け出した。

エリスフィード公爵邸の敷地は広大で、小さな森があったり、小川が流れていたりする。

その森の中で、子供である私の足でも行きやすいところに野草などが多く自生している場所を先日見つけたので、そこへ向かった。本当は転移でサクッと移動したいところだけど。

「んーと、あっ！　あった！」

ギザギザの葉を一枚、ブチリとむしり取り、すうっと香りを嗅《か》ぐ。爽《さわ》やかでスッキリとした香りが心地よい。

「うん、いい香り！」

私が手にしたのは大葉……青じそである。こぼれ種で増えたのか、周囲にわさわさと生えていた。

「この世界の植生《しょくせい》って、どうなってんのかわからないなぁ。でもありがたいわ」

この暑い季節に、和製ハーブともいえる大葉は食欲増進に最適だ。今の私に、食欲減退する時があるのかという疑問はさておき。

「これだけあれば、たっぷり採っても大丈夫よね」

ブチブチとむしりながら、これで何を作ろうかな？　と思案する。とりあえず、にんにく醤油《しょうゆ》漬けと大葉味噌《みそ》は確定として、エビが手に入れば天ぷらを作るのもいいな。それに大葉多めのたっぷり野菜で豚しゃぶ……いや、オークしゃぶサラダなんかも捨てがたい。あとは、そうめん……はないから、冷しうどんかな。いやいや、梅干しを手に入れてからにしよう。

バステア商会で死蔵していた在庫をセイが見つけて確保してくれて、それを今度分けてもらう約束になっているのだ。だから、それまで我慢《がまん》。

お兄様達が帰る前に手に入るといいのだけど。やはり、シンにおつかいに行ってもらおうかな。

梅干しが手に入ったら、叩《たた》いた梅と刻んだ大葉をうどんに載せて、だし醤油《じょうゆ》をかけていただくのだ。塩分過多な気もしないでもないが、夏場だしいいだろう。はぁ、夢が広がる。いかん、梅干しを思い浮かべただけで生唾が……じゅるり。

ああ、梅干し早く欲しい……というか、自分で漬けたいので青梅が手に入らないかなぁ。バステア商会に頼んで、梅の木そのものを運んでもらうべきか……うーん。

「白虎様に探してもらうのも手かな?」

白虎様なら、意外とドリスタンのどこにあるとか知ってそうだ。

「呼んだか?」

「ギャッ!?」

背後から突然声をかけられて驚いて振り向くと、人型の白虎様がいた。

「『ギャッ⁉』って、お前、仮にも乙女《おとめ》ならもう少し可愛らしい驚き方ってもんがあるだろうが。『きゃあ！』とかさぁ」

「白虎様⁉　いやいや！　いきなり背後を取られたら驚きますよ⁉　可愛らしさなど気にする余裕はありません‼」

それに「仮にも」ってなんだ！　仮じゃなくたって乙女《おとめ》ですっ‼　呆れ顔で言われる筋合《すじあ》いはない‼

「白虎様、何のご用でしょうか。あっ、もしかして梅干しを持ってきてくださったとか？」

だとしたら、グッドタイミングだ。

「あ？　梅干し？　何のことだ？　あれはすっぱいから俺はあんまり好きじゃない」

なんだ。違うのかぁ、残念。

「ええー？　あの酸味がいいんじゃないですか。では、一体何のご用ですか？　今は私一人だからよかったものの、他の者がいたら不審者が出たと大騒ぎになっているところですよ？」

ただでさえ、転移事件で私の動向はお兄様にマークされているはずなのだ。いくら白虎様だろうと、人型の、しかも男性の姿で二人っきりでいるところを見つかったら、逢い引きと勘違いされかねない。

いや、まあ今の私はお子様なので、白虎様がロリコンの人攫《さら》いだと思われるだけかもしれないけれど。

「いくらなんでも周囲に人の気配がある時に来るわきゃないだろ。探索魔法で確認くらいするさ」

お、意外と慎重だったか。失礼しました。

「その様子じゃすっかり忘れてんな？　ほら、前にお前に護衛を連れてきてやるって言ったろ？」

「えっ⁉」

あれって本気だったの？　そうだとしても、お父様がその方をすんなり雇うとは到底思えないけど。

「ほ、本当に連れてきてくださったのですか？　交渉してきたにしても早いのではありませんか⁉」

そもそもセイの契約聖獣である白虎様が、どうやって護衛を？　まさか無理やり拉致《らち》してきたんじゃあるまいな？

「あー、それがな？　先々代の主《あるじ》がドリスタンを訪れた時に出会った奴らがいて、とりあえずその記憶を頼りに二ヶ所ほど行ってみたんだ。そのうちの一方は、余生をのんびり過ごしたいってことで断られたんだが」

あらら、なんだ断られたのか。じゃあ余計な心配だったね。やれやれ。

「代わりに、見聞を広げるために我が子を連れていってやってくれと言われてなぁ……」

えっ!? その方のお子さんって？ まさか白虎様、未成年の子供を誘拐してきたんじゃ!?

「えぇっ!? ど、どこっ!? どこなんですか！」

きょろきょろと周囲を見回せど姿は見えず。犯罪はダメですよ！

「……ここ」

白虎様が指したのは、自身の背中。と同時に、くるりと背を向けた。

「……っ!? かっ！」

「か？」

「可愛いいぃ!!」

白虎様の背中には小さな白いモフモフがしがみついていた。

「あ、あの、この子が護衛なんですか？」

「ああ、ホーリーベアの子だ。ドリスタンの北の国境近くの雪山にいた」

ほうほう、ホーリーベアね……って、聖獣様じゃないか！ 聖獣様が護衛ってこと!?

ホーリーベアと言われて見たら聖獣様っぽいけど、見た目はシロクマの子ですね？

うわぁ、モフモフ&まんまるで可愛いっ！

「こいつ、今はこんな見た目だが、慣れない土地で魔力を抑えるために小さくなっているだけで、もう巣立ち直前だからな？　実際は成体の俺よりもはるかにでかいし、力も強い」

ほほう。確かにシロクマは地上最強の生き物だと聞いたことがある。こちらの世界でも同じような感じなのかな？

「まあ、ひよっこのこいつより、今は俺のほうがまだまだ強いけどな」

ああ……経験値が足りないってことかな？　そんなドヤ顔で自慢しても、「今は」ってことは、いずれ超えられるって言ってるようなものでは？

「それでもこいつは大抵の魔物よりはるかに強いはずだ。どうだ？　契約するか？」

え？　あ、そうか！　護衛ってことは聖獣契約するってことだよね？

え、私が本当に契約しちゃってもいいの!?　っていうか契約してもらえるの？

どうしよう。契約するか？　って気軽に聞かれたけど、私から一方的にできるもんじゃないよね？

そう思いながらホーリーベアの子を見ると、向こうもこちらをチラッと見ては白虎様の背中に顔を埋《うず》めてぐりぐりしている……かっ可愛いっ！

「あーこいつ、人間と対面するのは初めてらしくてな。怯《おび》えているわけじゃないと思うんだが」

ははあ、人見知りですかね。

「まあ、そうなのですね。はじめまして。私、クリステア・エリスフィードと申します。お近づきのしるしに、おやつはいかがですか？」

インベントリからバニラアイスを取り出す。暑いし、シロクマさんだし、冷たいもののほうが喜ばれるかなって。

ええと、このままじゃ食べづらいから、常備しているどら焼きで挟んでみせる。その間、ずっと視線は私の手元に釘付けだった。よしよし、つかみはオッケーです！

「召し上がりますか？」

そっと差し出すと、ホーリーベアの子はコクリと頷く。それから受け取ろうと片手を伸ばすものの、バランスを崩して白虎様の背中からボテッと落ちてしまった。

「あっ！　大丈夫ですか!?」

慌てて抱き起こそうとしたら、どうにか自力で起き上がろうと、わたわたジタバタとする姿に今度はこちらが釘付けになってしまった。かーわーいーいーっ！

どうにかコロンと起き上がり、どら焼きアイスを受け取ると、もしゃもしゃと食べ始める。なんだこの可愛い生き物はっ……。ほわあああぁっ！

「お前、ちょっと表情緩みすぎじゃね？　……なあ、俺の分は？」

白虎様！　うるさいですよ‼　確かに顔が緩みまくってるのは認めますがね！

白虎様をシカトしつつ、ホーリーベアさんの背中についた泥を落とすのだった。

ふぁー！　モッフモフやーん！　エリスフィード家モフモフ同好会会長として、これは捨て置けませんぞ⁉

『おいしい……』

白虎様とは違う、少年っぽい声が念話で聞こえた。この子の声で間違いないだろう。

「お口に合ったようでよかったですわ」

うふふ。可愛いなぁ。

『おれ、くりすてあと、けいやく、する』

「えっ？」

『くりすてあ、やさしい。まりょくも、おやつも、おいしい。けいやく、したい』

「まあ！」

餌付けしたつもりはないけど、結果的にしてしまったような。い、いいのかな⁉

「いやー、優しいかどうかはわかんねぇ……いやすいませんクリステアさんはトッテモヤサシイデスヨネー！」

余計なことを言い出した白虎様をにっこり笑顔で見やると、カタコトかつ一息で撤回《てっかい》した。よしよし、優しいクリステアさんがどら焼きをあげましょう。ふふふ。

笑顔で白虎様にどら焼きを二個手渡した。これで大人しくなるだろう。

『くりすてあ、けいやく、する？』

こてん、と小首を傾げ、こちらを見るホーリーベアさん。

うわーん、あざと可愛いぃ!!

「ええ、私でよろしければ」

『ちょおおおっと待ったあああ！』

えっ、何？　何なの!?

『おいこら！　我のことを忘れておるだろうが！』

ザザッと頭上の木から飛び降りてきたのは、お、狼!?　しかもすごく大きい！

咄嗟《とっさ》にホーリーベアさんを抱っこして白虎様の陰《かげ》に隠れた。

『さっきから待てど暮らせど我の話題が出んどころか、いないかのような扱い。許しがたいぞ、白虎！』

え？　白虎様のことを知ってる？

「あ……忘れてた」

ちょっとおおおぉ？　白虎様あぁ!?　どら焼き食べながら「てへ？」みたいにかわいこぶってもダメですよ！　狼さんますます怒ってますよーっ!?

『白虎よ、我をここまで連れ出しておきながら忘れ去るとは、いい度胸だのう？』

ガルルルル……と牙をむき出し唸《うな》る狼さん。こっ、怖いよぅ！

「あー悪い悪い。言い忘れてたけど、こいつがもう片方の護衛候補」

「すごくざっくりとした紹介ですね!?」

「いやぁ、こいつはとりあえず挨拶がてら声をかけてはみたけど、このチビがいるから別に来なくていいぞって言ったんだ。なのについてきたんだよ」

は？　連れ出したのではなく、ついてきた？

『なっ！　我がせっかくついてきてやったというのに、なんだその言い草は！』

「昔会った時に、お前が『仲間がおらんのはさみしいものだ』とか抜かしてたから一応声かけてやったんだよ」

『うっ、うるさい！　あの時は気の迷いで言ったまでだ！』

んん？　ぼっちでさみしんぼうですか？

「しかもこいつ、契約するなら魔力もメシも美味《うま》くないと許さんとか、うるさくてよぉ」

『当たり前ではないかっ！　我が契約するのだ、契約主の魔力が美味《うま》くなくては意味がない！　ついでにメシも美味《うま》いのなら言うことないわっ！』

そりゃそうだ。契約するからには、それなりにうまみがないとね。ご飯だけに。うん。

『だいたい、白虎よ。おぬしが契約主候補のメシと魔力はすこぶる美味《うま》いと自慢したのであろうが！』

白虎様あああ！　アンタまたやらかしたのかぁーっ!!

「白虎様、そういうのはもう、本っ当にやめてくださいね？」

白虎様をジト目で睨《にら》む。

「……ああ、今猛烈に反省してるところだ」

さすがに今回は肩を落としている。本当の本当〜っに、いい加減懲《こ》りてくださいね？

『くりすてあの、おやつとまりょく、おいしい。おれ、けいやく、する』

『む、おぬしはちと待つがいい。我が見極《きわ》めるのでな』

『やだ。けいやく、する』

抱っこしていたホーリーベアさんが、私にぎゅっとしがみついてくる。はわわわわ可愛いっ！

「……もうこのチビと契約で良くないか？」

ええ、まあ、私もそう思いますが。

「さすがにここまでお越しいただいたのに、何もなしでお帰りいただくのも……」

『なんだと!? 我と契約しない気かっ!?』

がーん！ といった表情の狼さん。う、罪悪感が。

「あの、ええと、契約しないというわけではないのですけれど。貴方様がどのようなお方なのかも存じ上げませんし」

さっきのざっくり紹介では何もわからなかったしなぁ。

『む、それもそうだな。我はフェンリルである』

フンッと鼻息荒く自己紹介された。

フェンリル!? あれっ？ フェンリルって聖獣なの？ 魔獣でなく？ よく見たら、確かに普通の狼とは違うようだ。

『昔こそ悪さをしておったが、それも虚《むな》しくてな。改心して人里離れ、生きるための最低限の狩りをしつつ隠居暮らしをしておったが、それももう飽きた』

「要はさみしかったんだろ？」

『うるさいわ！ おぬしは黙っておれ！ これからは人を護《まも》り寄り添うて生きるのもま

た一興《いっきょう》と思ったのでな』

「美味《うま》いメシと魔力につられたくせに」

『黙っておれと言ったろうが！　ゴホン。とにかく、ちょうどそのように考えておったところに、白虎が来たわけよ。そこで聞いたのだ、おぬしが契約獣を探しているとな』

「はあ」

聖獣漫才をアリーナで観ていた私はリアクションに困っていた。いや、別に探してはいなかったんだけどなー？　白虎様が先走っただけだし。私を心配してのことだから、ありがたくはあるけど。

フェンリルさんの語りは続く。

『まだ幼いながらも魔力は極上、そしてメシも美味《うま》いものを次々と作り出すと聞いた。そのような者と契約し、護《まも》るのも悪くない』

「お前に紹介するのは惜しいんだけどな。だけど守護は必要だろうしなぁ」

『おぬしにはれっきとした主《あるじ》がおろうが』

「まあな。あいつはあいつで、良い神力の持ち主だからな。そうでなけりゃ、お前にこいつを紹介するかよ。相応の力がねぇと、こいつは護《まも》りきれないからな」

『おお、それについては問題なかろう。我がおれば大抵の奴は蹴散《けち》らしてくれるわ』

ええと、過剰戦力はいらないんですが。私、ただの公爵令嬢ですし。

『そういう理由《わけ》で、おぬしと契約をする前に、我の主《あるじ》に相応《ふさわ》しい者であるか見極《きわ》めてやろうと思うてな』

これ辞退できないやつだよね、きっと。め、めんどくさぁ。

「あの、見極《きわ》める、とは？」

『うむ。おぬしの魔力の質を知るためにも、何か喰わせてもらおうか』

……まあそんな展開だろうとは思ってました。

『そうさのう、これから我がビッグホーンブルを狩ってきてやろう。スジだらけで喰えるところが少ないあれを美味《うま》いメシに変えてみせるがいい』

えっ、何そのグルメ漫画の対決的な展開は!?

……ん？　ビッグホーンブル？

「あの、ビッグホーンブルでしたら、ちょうど調理済みのものがございますが」

『何!?』

先日のカレーに使ったのが、ビッグホーンブルのお肉だったのだ。角や皮などの素材以外のお肉をまるっと一頭分、冒険者ギルドから購入し、解体はシンに頼んだ。

柔らかくて美味しそうな部分をカレーに使って、残ったスジは捨てずに処理をして、牛スジ煮込みを作っておいた。そのまま食べても、牛丼にしても良し。味付けせずに分けておいた分は、ポン酢でいただいたり、冬にはおでん種兼《けん》だしとして使ったり。

スジだらけのビッグホーンブルは仕込みに手間がかかるものの、私にとって好物のかたまりのようなものだ。他にもタンやモツなども無駄なく美味しくいただく予定。ふふふ。

そんなわけで、インベントリに確保していた牛スジ煮込みをフェンリルさんに出すことに。

「お口に合うと良いのですけど」

『うむ、馳走になろう』

大皿に盛った牛スジ煮込みを、ガッと大きな口で食べ始めた。ていうか、一口だったね。

『……っ!?』

フェンリルさんがくわっと目を見開いて、フリーズしてしまった。

『なんだ!?　クニクニ、コリコリとした歯触《ざわ》り……。これがあのスジだらけのビッグホーンブルだと!?』

「ええ、まさにそのスジの部分ですわ」

白虎様やホーリーベアさんに牛スジ丼を渡しながら答える。

『なんとっ!?　我でさえ喰うには難儀するあのスジが、こんなにも柔らかくなるというのか!?』

「はい。適切な処理をすれば、柔らかくなり美味しくいただけます」

大鍋でスジを茹《ゆ》で、余分な脂をこそげ落としてまた茹《ゆ》でて……それなりに手間をかければ、ちゃーんと美味しくなるのだ。

「ふぉんとだ、こりゃふまい」

白虎様、口いっぱいに頬張って話すのはお行儀悪いですよ？

『くりすてあ、これも、おいしいね？』

はああ、ホーリーベアさんに癒《いや》されるぅ。ああ、お口の周りが汚れてる。後でクリア魔法をかけてあげなくちゃ。

『見事なり。おぬしの実力、しかと見極《きわ》めた！』

だから、なんのグルメ漫画なんですかってば。

「はあ、そうですか……」

『おぬしこそ、我の契約主になるに相応《ふさわ》しい！』

「はあ!?」

『驚くことはない。おぬしの実力ならば当然だぞ？』

いやいや、そういう意味で驚いてるんじゃなくてですね。

『さあさあ！　契約しようではないか！　我に名を授けるがいい！』

……なんでやねん。

「あの、白虎様？　これってどうしたら？」

白虎様が連れてきたんだから、どうにかしてほしい。

「諦《あきら》めて契約するしかねえんじゃね？　こいつ、契約するまでしつこくつきまといかねんぞ？」

ですよね～、まるっと同意!!　そんな気がする！

でもこれ、契約したら最後、クーリングオフできない事案じゃないですかー！　やだー！

『だめ、くりすてあは、おれとけいやく、するの！』

ぎゅっ、と足にしがみついてくるホーリーベアさん。ふおお、たまらん！

『むぅ。ホーリーベアの小倅《こせがれ》よ、おぬしはまだ若いのだ。老い先短い我に譲るが良かろう』

いや、ちっとも老い先短そうな気がしませんけど!?

『だめ。おれが、さき。おれが、くりすてあと、けいやく、するの！』

ぎゅぎゅぎゅぎゅーっとしがみつくホーリーベアさん。可愛い！　けど、い、イタタタタタ……やっぱり力持ちなんだね……。

「ホ、ホーリーベアさん、大丈夫ですよ。契約いたしますから」

『……ほんと？』

「ええ。本当です」

力が緩んだところで、抱きかかえる。

『……うれしい。おれに、なまえ、つけて？』

……小首を傾げつつおねだりされるとかっ！　たまらんっ！

『ちょっと待て！　我との契約はどうなる!?』

焦ったように会話に割り込むフェンリルさん。あっ、忘れてた。

「ええと、あの」

どうしようかな。

「もうどっちとも契約すりゃいいんじゃね？」

「ええ!?　それは……」

私なんぞが聖獣様と契約すること自体、いいのだろうかと思っているのに、複数契約!?

「お前さんの魔力量なら両方と契約して大丈夫だと思うぞ？　そもそも、契約したからって根こそぎ魔力を奪われたりしねえから心配すんな。俺たちみたいに、お前の作るメシにこもる魔力をちょっと味わえたら、基本それで満足なんだから」

『ああ。通常はその地が持つ力や狩りで得た獲物から魔力を補っておるからな。おぬしの魔力を奪おうとしておるわけではない』

白虎様の言葉に、うんうんと呼応するフェンリルさん。そうでしたね、嗜好品《しこうひん》扱いでしたね。

でも、魔力が減るというより、精神的な何かがゴリゴリ削られる気がするんですけど。

「問題があるとすれば、契約獣は主人への独占欲が強いってことかな？」

「それ一番問題じゃないですか！　あれ？　でも、セイは複数と？」

「俺らは事情が事情だからな。ある意味特殊だろ」

「そんな特殊な事例を私にも当てはめないでください！」

「しかし、どっちも諦《あきら》めそうにないし、このままだとお前さんを巡って乱闘になるぞ？」

「なっ⁉　そんなのダメです！　ホーリーベアさんはまだ小さいのに！」

『くりすてあ、おれ、たたかえる』

ジタバタと降りようとする。わー！　ダメダメ‼

「大丈夫だって。初めに言ったろ？　魔力消費を抑えるために小さくなってるって」

いやいやいや。確かに聞いたけど、巣立ち前とも言ってたよね？　戦闘経験ないんじゃないの!?　フェンリルさんは戦い慣れてそうだし、私なんかが原因で聖獣大戦争とかダメでしょ!?

「……私が契約したら丸く収まるんですか？」

『む。正直、複数契約は気分が良くないが、主《あるじ》となる者の護《まも》りが固められると思えば我《が》慢《まん》できよう』

『……くりすてあが、そういうなら、がまんする』

なんなんだろう、この板挟みになって追い詰められた感は!?　白虎様、恨《うら》みますよ！

……仕方ない、腹を括《くく》ろう。

「……わかりました。お二方と契約します」

『おお！　そうか！』

『……くりすてあが、それでいいなら、いい』

喜色満面のフェンリルさんと、ちょっと不満気なホーリーベアさん。ごめんね？

「ただし！　契約するにあたり、条件があります」

『なんだ？　主《あるじ》となるものには従おう』

『？　じょうけん、なに？』

「まずは、大きさ。ホーリーベアさんはいいとして、フェンリルさんは大きすぎです！

「そうですね、貴方達や私に危険が迫った時、誰かを救出しなくてはならない時……ですかね？　あとは、貴方達が飢えないために狩りをしなければならない時」

飢えさせたりする気は毛頭《もうとう》ないけどね。

『わかった』

「そして最後に。ご飯はきちんと差し上げますから、必要以上におねだりしないこと」

これは白虎様から教訓を得ている。

「え、それは……」

「何事も初めが肝心と学びましたので」

白虎様を見ながら、にっこり答える。

「……そうか」

白虎様、お顔が引きつってますよ？

『うむ。際限《さいげん》なく喰らおうとは思わんが、あらかじめある程度の量は貰《もら》えると嬉《うれ》しい』

『わかった。おいしいの、もらえるなら、いい』

「ご理解いただき、ありがとうございます」

『さあ、憂《うれ》いがなくなったのならば、契約しようぞ！　我に名をつけるのだ！』

『くりすてあ、なまえ、ちょうだい？』

え、い、今？　決めないとダメ……だよね？　うわあ、名付けのセンスなんて、タロ・ジロ・ミケ・タマレベルなんだから、いきなり決めろって言われても……無茶振りは勘弁してよね⁉

ええと、ホーリーベアさん……シロクマ……シロ、はダメだろうな。白……

「……ましろ。異国の言葉で、真っ白だから、真白《ましろ》って、どうかしら？」

ホーリーベアさんに向かって、地面に枝でゴリゴリと字を書きながら問いかける。ひねりがなさすぎてダメかな？

「……お前、よくヤハトゥール語を知ってたな？」

あ、やっぱヤハトゥール語って、日本語に近いのか。

「あ、あはは……最近ちょっと勉強してたものですから」

『ましろ？　おれの、なまえ？』

「そう、真白」

『ましろ……』

突然、何かの回路が繋《つな》がったように感じた。契約が完了したということなのかな。

『おれは、くりすてあの、けいやくじゅうの、ましろ』

「はい、よろしくお願いしますね、真白」

キュ、と抱きつかれたので背中を撫でる。ふふ、ふわもこです。

これからは真白をモフり放題かぁ……。モフ活がはかどりますね！

『では次に我の番だな！』

おおっと。そうだ、まだフェンリルさんが控えていたんだった。うう、そんなにポンポン思いつかないよぉ。

期待たっぷりのフェンリルさん、尻尾ブンブン、千切れるんじゃないかってくらい振っている。う、プレッシャーがあぁ。

フェンリルさんの毛色は、暗めの銀色……銀狼、じゃまんまか。黒っぽい銀……

「くろがね。黒い銀と書いて、黒銀《くろがね》……ではどう？」

一般的には「鉄」とか「黒鉄」って表記をするんだろうけど、鉄ってイメージじゃないからなぁ。ちょっと厨二《ちゅうに》くさく感じなくもないけど、私の語彙《ごい》力ではこれが限界です。

『クロガネか。ふむ。よかろう、我が名は今これよりクロガネとなった！』

さっきと同じように、繋《つな》がりを感じた。これで契約は完了なのかな？

「よろしくね、黒銀」

『うむ』

「ふーん、シロにクロか。白黒コンビでいいんじゃね？」

『コンビなどではないわ！』

『……ふほんい』

……あれ？　確かによく考えたらシロクロって……あああああ!?　結局タロジロと変わらないレベルだった!?　い、いやでも、ほら、白黒で対になってて、バランスとれてるよね？　それに、どちらも気に入ってくれてるよね？　ね？

だって、横文字で気の利《き》いた名前とか思いつかないもん！

「二人とも、これからはずっと一緒なんだから、仲良くしてね？」

睨《にら》み合う真白と黒銀を止めるべく注意する。

『む、仕方あるまい』

『ぜんしょ、する』

うーむ、独占欲が強いって本当みたいね。お願いだから仲良くしてよ？　間に挟まれて困るのは私なんだからねっ。

どっちが本妻でどっちが妾《めかけ》か、みたいな張り合いとかされそうで怖いんですけど。なんで九歳で、そんなことに悩まなくちゃならんのだ。

「……ケンカしたら、ご飯抜きだからね？」

二人してビクッとなったので、「ご飯抜き」はお仕置きとして有効そうだ。

……白虎様までビクッとなる必要はないですよ？

「さてと、契約も無事済んだし、俺は帰るな」

「あっ！　ありがとうございました、白虎様」

「いや、お前の護衛役もできたし、これで安心だな」

あ……すっかり忘れてた。

「いえ、むしろ不安しかないですけど！　転移魔法に加えて聖獣様と契約なんて、お兄様にどう説明したらいいんですか!?」

『……どういうことだ？』

「俺がこいつに転移魔法を教えたんだが、兄貴に転移魔法が使えるのがバレてな。誰に教わったのか問い詰められても、俺たちの存在は秘密なもんで、こいつが答えられなくて困ってたんだ。で、このままだと監視や護衛がついちまって好きに動けなくなるって言うから、あらかじめ強力な護衛としてお前らをつけちまおうってわけだ」

どうだ、いい考えだろ？　とドヤ顔の白虎様。どうしてそうなった!?

『おぬしは阿呆《あほう》か』

『びゃっこは、ばかなの？』

「あれ!?　バカにされた!?」

黒銀と真白に呆れたような目を向けられ、愕然《がくぜん》とする白虎様。私も二人と同意見だよ。

『知られて困るのならば、その兄とやらの記憶を消してしまえばよかったではないか。なぜ護衛をつけることになるのだ。まあ、お蔭《かげ》で我は助かったがな』

「あ、そうか。でも、俺は記憶操作は苦手なんだよなぁ」

ちょっと、いきなり物騒な発言が!?　ダメダメ！　お兄様の記憶を消すなんて！

「お兄様に変なことしたら許しませんよ！」

『む、いかんのか？』

「ダメです！　私の身内に変な手出しをしたらいけませんからね!?」

『ちからずくで、いうことききかせるのも、だめなの？』

「だっ、ダメに決まってるでしょう!?」

真白までなんて物騒な!?　弱肉強食の世界を生きる獣にとっては力ずくなんて普通なのかもしれないけれど、契約したからには人間のルールに従ってもらいますからね!?

『ふむ。記憶がいじれないのであれば……そうだな、我が教えたことにでもすれば良いか？』

「えっ、黒銀が？」

『我も転移魔法は使えるからな。なんらかの理由をつけて話せばよかろう。ついでに、結果的に契約するに至ったことにでもするか』

「助かる。頼んでもいいか？」

『おう。白虎の立場は多少なりとも知っておるし、契約主《おぬし》を紹介してもらった借りを返すと思えば、何ということもない』

えっ？　なんだ、いきなり頼れる狼だな、黒銀ったら。

そんなわけで、国内を放浪していた黒銀が公爵邸の敷地内の森で弱っていたところを、散策中の私が見つけて助けた、その礼として黒銀は転移魔法を教え立ち去ったが、やはり命の恩人と契約したいと再び戻ってきた、という設定ができあがった。え、何それ、なんて美談？

「ですが、それでは真白がいる説明にはならないのでは？」

『ならば、真白が魔力切れで弱っていたところを主《あるじ》なら助けられるだろうと、我が拾ってきたことにすればよかろう』

なんだか、黒銀がすごくいいヤツみたいな設定になってませんかね？

『ふほんい、きわまりない』

真白は不満そうだ。まあそうだろうねぇ。

「ごめんね。私のせいで」

『くりすてあが、こまるのやだから、がまん、する』

「ありがとうね、真白」

『うん』

　真白の頭を撫で撫でしつつ、モフモフを堪能する。

「よっしゃ、あらかた決まったな。そんじゃ結界解いて帰るな」

　白虎様は肩の荷が下りたかのように、にこやかに立ち去ろうとした。

「……結界、張ってたんです？」

「ん？　ああ。契約のゴタゴタの最中に誰か来ても困るだろ？」

　うわぁ、気づかなかった。なんて自然に結界魔法使うんですかっ！

　すごいけど、逆に困ったことに!!

「……あの、転移で私の魔力の気配が途切れて、兄に気づかれたという経緯はお話ししましたよね？」

「ああ……あっ!!」

　白虎様もようやくわかったか。結界のせいで私の魔力の気配がまた途切れただろうから、もしかしたらお兄様に気づかれて、今頃探し回っているかもしれない。……やばい。

「……白虎様？」

「どちらも？」

「……はい」

「フェンリルとホーリーベアが？」

「……はい」

「とりあえず、屋敷に戻ろう。詳しく聞くのは後だ」

「う……はい」

ああ、説教コースだ、これ。私、何も悪いことしてないのにな……うぅ。

「まったく、また魔力の気配が消えたと思って、慌てて探し回ってたんだよ？　やっと見つけて急いで駆けつけたら、契約聖獣ときた。クリステアは僕に心配ばかりかけるね」

私に怪我がないのか確かめようとしたのだろう、お兄様は私の髪や頬を撫でる。

「ごめんなさい」

「まあ、いいさ。クリステアを一番心配しているのは僕だからね。それを忘れないで？」

私の頭を撫でつつ微笑むお兄様。ううっ、お兄様ったら素敵すぎる！

「はい、お兄様」

『我が、主《あるじ》を一番に気にかけておるゆえ、これからは兄君が心配せずともよい』

『くりすてあは、おれがまもる、から、だいじょうぶ。おにいさんの、でるまく、ない』

「……兄である僕が妹を心配しないわけがないでしょう?」

……あれ?　念話が通じてる?

「お兄様、彼らの念話が聞こえるのですか?」

『我らがわかるようにしてやっておるのだ』

無愛想に黒銀が言うと、お兄様は肩をすくめる。

「そのようにしていただかなくとも、気に入らない雰囲気はなんとなく伝わりますよ」

な、なんか、剣呑《けんのん》な空気に?

「さ、さあさあ!　とりあえず屋敷に戻りましょう!　お話はそれからです!」

ね?　ね?　となだめ、屋敷に向かうことにしたのだった。つ、疲れた……

第八章　転生令嬢は、説得する。

我が家の敷地内にある森を抜ける直前、お兄様が立ち止まり、黒銀と真白に話しかけた。

「フェンリル様とホーリーベア様は、ひとまず姿を隠していただけますか?　現在、屋敷には王太子殿下が滞在しております。国に貴方たちのことを知らせるかどうか、両親と相談したいと思いますので」

『む、そうか。ならばしばし潜んでいよう。主《あるじ》よ、我らの名を呼べばすぐに馳《は》せ参じるのでな』

黒銀はそう言って、私が抱きかかえていた真白の首根っこを咥《くわ》えて引き取ると姿を消した。

「転移魔法……もしかして、テアの転移は、彼から？」

「ええ、まあ、何と言いましょうか……」

こっちが説明する前にお兄様が上手い具合に誤解してくれた。黒銀ったら、計算してわざと転移して見せたのかな？

明言するのも何なので、返事を曖昧《あいまい》にぼかしつつ、屋敷に向かい歩き始める。

森さえ抜ければ屋敷までそう遠くはない。

「そうか。転移の件も含め、王太子殿下にはしばらく内密にしておこう。王家に伝えるべきかは父上に相談しないとね」

「なぜですか？」

「……テアはまだ、自分が今、難しい立場にいることに気づいてないみたいだね？」

「？」

「はぁ……無自覚か。いいかい？　インベントリに転移といったレア魔法が使えて、通常の魔法は無詠唱で使いこなせて、とどめは契約聖獣。それも二体だ」

「ええと、実は結界魔法も使えます」

バレたついでに伝えておかないと。後で知られたらまた面倒そうだし、この際ぶっちゃけておく。

「そのようだね。……はぁ。そんなテアの存在が王家に知られたら、どうなると思う？」

……王家に知られたら？

ピタリと歩みを止め、サーッと青ざめた。ま、まさか？

「……せ、戦争に使われたりするのでしょうか？」

そんなのやだよー！　戦争、ダメ、絶対！

「……そうじゃなくて。それだけの才能と魔力の持ち主で、公爵令嬢で家格も問題ない。さらにはレシピや道具の特許など新たな流行を作り出す能力もある。……となると、王家は取り込みたいと思うのが自然だろう？」

「……え？　どういうことですか？」

嫌な予感しかしないけど。

「レイモンド殿下の婚約者候補の筆頭になるだろうね」

「……は？」

レイモンド殿下って、あの？　今我が家でくつろいでいるであろう、あの？　王太子殿下!?

いや確かにイケメンだし、何かとハイスペックらしいし、令嬢の皆様が嫁に行きたい候補ナンバーワンかもしれないけど！　ちょっと、アレ……いやソレは、謹《つつし》んで辞退させていただきたいのですけどぉ!?

そりゃあ、初めの印象は最悪だったものの、なんだかんだでご飯は美味しそうに食べてくれるから悪い人じゃないとは思う……でも、王太子殿下の婚約者ってことは、いずれは王妃になるってことじゃない。いやいやいや。そんなの無理ですから!!

「現状は候補者が多いから、選定の途中といったところだけど。テアは、王太子妃……未来の王妃になりたい？」

お兄様の問いに、ブンブンと首を横に振る。そんなのまっぴらごめんだ。

「ふふ、そうだろうと思った」

嬉《うれ》しそうに言うお兄様。

ん？　普通なら身内が王族に嫁《か》するチャンスだし、大プッシュしそうなもんだけど。

「お兄様は、私を王太子殿下の婚約者にしようと思わないのですか？」

お父様もだけど、お兄様だって出世のチャンスだろうに。

「テアらしくいてもらうのが、僕にとっての一番優先すべきことだよ。王太子殿下の婚約者になれば、王太子妃教育でテアらしさはことごとく潰《つぶ》されるだろう。それは許しがたいことだよ」

「お兄様……」

「だからテア、まだ当分は僕の可愛い妹でいてほしいな」

ふわぁ……お兄様の笑顔の破壊力ときたら、半端ないです！

「ええ！　もちろんですわ！」

「ふふ、さあ行こうか」

お兄様が差し伸べた手を取り、私たち兄妹は手を繋《つな》ぎ、仲睦《なかむつ》まじく家路を急ぐのだった。

屋敷に戻った私たちは、お父様が戻られるまでとりあえず王太子殿下に気づかれないよう、何事もなかったかのように午後のお茶を楽しむことになった。

お兄様はそっと裏口から入り、破れた服を着替えてからお茶の席につく。

本日の午後のお茶はアイスティー。茶葉の量は変えず、いつもより少なめのお湯で濃い紅茶を淹《い》れ、氷を入れたポットに茶漉《ちゃこ》しを使いながら紅茶を注いだ。ある程度冷えたら、氷が溶けすぎて薄まらないように別のポットに移し替えておく。

私はお菓子がある時は飲み物を甘くしないことが多いので今回もそうなんだけど、甘みが欲しい人のためにシロップを別に用意した。

お菓子は焼きたてのスコーン。ほのかな甘味を楽しんでほしいものの、物足りない人は、クリームとジャムをお好みでどうぞ、ってことで。

「冷たい紅茶は初めて飲んだが、美味《うま》いな！」

ゴクゴクゴク……ぷはっ、と、いい飲みっぷりですね、王太子殿下。それ紅茶ですが、麦茶みたいに豪快に飲んでくださいましたね？

「暑い日には、冷たい飲み物が良いかと思いまして」

冷たいものばかりだと身体に悪いけど、たまにはね。今日は森の中とはいえ暑かったし。

「しかし、この暑い盛りに冷えた飲み物を出すなんて、なかなかできることではないぞ？」

確かに。普通は夏場に氷なんて、そう手に入らないからね。氷魔法が使えるからこそ、できることだ。

ちなみに氷魔法で直接冷《ひ》やさなかったのは、前に挑戦してポットごと凍らせて割っちゃったからです。繊細な魔法は難しいね。仕方ないので、ドカッと氷の塊を作って砕いたよ。そういうのは得意です！　……微調整できるよう精進しなくては。

「氷魔法を使えば難しいことではありませんわ」

繊細に扱えれば、だけどね？　と遠い目で答える。

「皆が皆、同じように氷魔法が使えるわけではないぞ？　水魔法が得意な者は多少使えるだろうが」

「そうですね。でしたら、学園の生徒に氷魔法強化の特訓も兼ねて、氷の塊を作らせてはいかがでしょう。そしてその氷を街で売れば良いのです。魔法で生み出した氷はすぐには溶けませんし。そうすれば、暑さで倒れる者も出てくるこの季節に、少しは平民も夏を涼しく過ごせると思いますわ」

「クリステア、学園の生徒は在学中に魔法を使って働くのは禁止だよ」

「では、奉仕活動の一環にしてはいかがです？　氷の売上は学園から孤児院などへ寄付すれば良いのですわ。一部は学園の運営費に充《あ》てても良いでしょうし」

「……ふむ、なるほどな。父上に相談してみよう」

王太子殿下も少し乗り気になったようだ。

よしよし、氷が安定供給されるようになれば、冷蔵庫を普及できるかもしれない。前世で昭和レトロな木製の冷蔵庫を見たことがあるのだけど、要は上の段に氷を入れて冷《ひ》やす扉付きの木の箱だったから、作れないことはないよね？

「？　どういう意味だ？」

「学園には、殿下の婚約者候補が多く在籍されています。彼女たちは、貴方に選ばれようと必死に牽制《けんせい》し合っていますからね」

後は、おわかりになりますよね？　と、殿下に微笑みかけるお兄様。

えっ？　私、もしかして婚約者候補の皆さんにいじめられちゃうの⁉　やだー！　友達百人とまでは言わないけど、同年代の女子の友達欲しいもん！　それに、平穏無事な学園生活を送りたいよ‼

転生令嬢な私が学園に入学したら、いじめっ子な悪役令嬢のポジションかと思いきや、実は「いじめられっ子な悪食《あくじき》令嬢でした☆」とか笑えない！

「そ、その可能性はあるかもしれないが……。ならば、せめてこうして親しい者たちだけの時は、名前で呼んでくれないか？」

しょんぼりしながらも食い下がる王太子殿下。

うーん、できれば遠慮させていただきたいんですけど。ここで拒否したら、お前何様だよって思われそうだよねぇ？

よくよく考えたら、王太子殿下も立場上、親しい友人ってあまりいなそうだもんなぁ。そんなことを口に出したら、不敬だ！　とか言われかねないけど。

お兄様と王太子殿下は、何だかんだでお互い――というか、お兄様が一方的に――言いたい放題だし、仲良さそう（？）だから、妹の私とも親しくしたいのかなぁ？

そう思うほど友達がいないなら、ちょっとかわいそうかもしれない。

そもそも、悪食《あくじき》令嬢呼ばわりされたことといい、カレーで意趣返ししたことといい、私が王太子殿下に婚約者候補として見られる要素なんて皆無《かいむ》だよねぇ？

そうだよ、私が恋愛対象になるわけないじゃない？　大体、私はまだお子様だよ!?

むしろ、今のうちに親しくなって素の部分を見せたら、あまりに令嬢らしくないことに幻滅して、向こうから婚約者候補お断りされるのは自明の理。

何てったって私、悪食《あくじき》令嬢ですからね！　……自分で言ってて悲しくなってきた。

「わかりました。レイモンド殿下、とお呼びしたらよろしいですか？」

「クリステア!?」

「あ、ああ。そうだな！　できれば、レイと」

「……それはやはり……」

曖昧《あいまい》に笑いながらもお断りする。

「わかった。とりあえずは、それでいい。俺は、クリステアと呼んでも？」

「呼び捨ては、家族だけと決めておりますので」

そこは線引きしておかないとね。

「わかったよ、クリステア嬢」

「はい」

にっこり笑って、アイスティーのおかわりとスコーンを勧めるのだった。

「クリステア、いいのかい？」

「この場が険悪になるのはよくありませんもの」

にっこり笑ってお兄様にもスコーンを勧める。もちろん、後でお兄様にはフォローをお願いしておかなければ。王太子殿下のことだ。学園で出会いがしらに、「やあ、クリステア嬢！」なんて、いきなり気安く呼びかねないからね。

ともあれ、今は王太子殿下のことよりも、お父様とお母様に真白と黒銀のことを紹介して、お家に入れてあげなくちゃ。そう、一刻も早く迎え入れて、存分にモフり倒すために！

そんなことを考えつつ、そわそわしながらお父様の帰りを待つ私なのだった。

お父様が戻られた時間が遅かったため、即晩餐《ばんさん》となってしまった。真白、黒銀、ごめんね。もう少し待っててね！

トン……じゃない、オークカツはもちろん大好評。キャベツもどきの千切りや味噌汁《みそ》は皆がこぞっておかわりしたので、たくさん作っておいて正解だったね。昼間採取した大葉も刻んでキャベツもどきに混ぜ込んでみたら爽《さわ》やかで、これも好評だったよ。大葉、いい仕事してるね！

「うーん、普段はこんなに野菜を食べたりしないいんだが、なぜかたくさん食べられるな」

王太子……レイモンド殿下は不思議そうに言う。めっちゃ食べてますよね？　キャベツもどきのおかわり三回目ですよね？　さすが食べ盛《ざか》り！

「そうですね。普段はお肉ばかりで、どんなに言っても野菜はなかなか召し上がらないほどの偏食《へんしょく》なのに」

「うるさいな。あれはきっと調理の仕方が悪いんだ」

クスクスと笑うお兄様に、不貞腐《ふてくさ》れたように答えるレイモンド殿下。

いやいや、野菜は切っただけですからね？　しかも殿下へのストレスをぶつけまくってますからね、それ。まさに、知らぬが仏……

晩餐《ばんさん》の後はお父様にお願いしてお時間を作っていただき、お父様の執務室でお話をすることに。

「貴重な時間を僕たちのためにありがとうございます、父上」

「いや、家族でゆっくり話す時間がなかなかとれなくてすまないな。しかし、其方《そなた》等が揃《そろ》って話があるとは珍しい。一体何事だ？」

「クリステアのことで、お話が」

とりあえず今回の件については、お兄様からお話ししてもらうことになっていた。

「クリステアの？　今度は一体何をしでかしたんだ？」

ピク、と警戒するように尋ねるお父様。

え、私が何かやらかした前提って、ひどくないですか？　……まあ概《おおむ》ねその通りですけど！

ここからは内緒にしたい話題だし、邸内にいる王家の関係者に聞かれてはまずいので、念のため結界魔法を展開する。

「其方《そなた》、今何を⁉」

「内密のお話がありますので、結界魔法を使いました」

「クリステア、其方《そなた》……！」

「父上、落ちついて聞いてください。きちんとお話ししますから……」

お兄様から事の成り行きを伝えられたお父様は、頭をかかえて俯《うつむ》いていた。大変申し訳ありません。

「邸内の森で行き倒れて弱っていた聖獣を助け、その礼に転移魔法を教わり、さらには契約した、と？」

「はい」

「しかも、フェンリルにホーリーベアだと？」

「はい。何と言いますか、成り行きで」

お父様から大きなため息が漏れる。驚きを通り越して頭が痛いって、顔に書いてありますね。

成り行きで聖獣契約って、普通では考えられないものね。気持ちはわかる。

「其方《そなた》は、今自分の置かれている状況を理解しているか？」

「お兄様から可能性については教えていただきました」

「……そうか。念のため聞くが、其方《そなた》は王太子の婚約者、いずれは王妃になりたいか？」

「謹《つつし》んで辞退させていただきます」

「そうか！　ならば、このことはしばらく伏せるように。私も王家への報告は控えておくのでな」

「え？　は、はい！」

悲痛な表情から一転、とてもいい笑顔で隠蔽《いんぺい》を指示されました。あれぇ？

「クリステアを、あんな魑魅魍魎《ちみもうりょう》の棲《す》む伏魔殿《ふくまでん》なんぞに嫁《とつ》がせる気はないからな。しかし、其方《そなた》のことだ、そうはいっても長くは隠しきれないであろうが、レイモンド殿下には極力バレないようにするのだぞ？」

お父様、結構失礼な発言してますよ、王家にも私にも。

でも、これで学園のいじめられっ子のルートは消えそうだ。ほっ。

「クリステア。今回の休暇中は、何が何でもレイモンド殿下に知られないよう隠し通すんだよ？　学園に入学したら召喚術や契約獣についての講義や実技もあるから、隠しきれないだろうけど。でも、何か手はないか考えてみるから」

あ、そうか。実技でさらに聖獣契約とか、もうできないだろうからねぇ。セイじゃあるまいし。

「ありがとうございます、気をつけますね。お父様、お兄様」

「うむ」

「何かあったら、すぐ相談するんだよ？」

「はい」

「それではお父様、聖獣のお二方を紹介してもよろしいでしょうか？」

「あ、ああ、そうだな」

やっと呼べるよー！　待たせてごめんねっ！

結界魔法を一旦解除して呼び出す。

「真白、黒銀。聞こえる？」

刹那《せつな》、黒銀とその背中に乗る真白が姿を現したので、すかさず結界を再度展開する。

『やれやれ、待ちくたびれたぞ？』

『くりすてあー！』

くわぁ、と欠伸《あくび》をしながら黒銀が登場すると、その背から真白がズリズリと落ちるようにして着地し、テトテトとやってくる。

「お待たせしてごめんなさいね」

ポフっと真白を受け止め、抱きかかえる。

「お父様、ホーリーベアの真白と、フェンリルの黒銀ですわ」

『おお、主《あるじ》の父君か。我は黒銀と申す。世話になるぞ』

『ましろ、だよ。よろしくね？』

「あ、ああ。こちらこそ娘をよろしく……」

思っていた姿と違うので驚いたのだろう。特に黒銀。お父様、黒銀が元の姿のままだったら大変ですよ？

「元の姿では大きすぎるので、普段はこの姿でいてもらうことになっています。これなら、私のお部屋に入れてもいいでしょう？」

うるうると愛娘《まなむすめ》おねだりモードでお父様を見つめる。

「良いも悪いも、すでに其方《そなた》の契約聖獣だ。好きにしなさい」

やったー！　これでいつでもモフり放題！

「ただし、王太子殿下がお帰りになるまでは姿は隠してもらわねばならん。その間は使用人にも見られぬように」

確かに、壁に耳あり障子《しょうじ》に目あり。使用人のちょっとした噂《うわさ》話を、王家の関係者の誰かが耳にするかもわからないものね。

「わかりました。黒銀、真白、しばらく不便かもしれないけれど、お願いね？」

『あいわかった』

『わかった』

「ああそうだ。お父様、ミリアには話してもいいでしょう？」

私付きの侍女であるミリアには打ち明けておかないと、真白と黒銀が私の部屋にいることすら難しいもの。ミリアだってモフモフ同好の士なんだし、一緒にモフ活したいもんね！

「ふむ、ミリアならいいだろう。彼女は其方《そなた》のためにならないことはしないだろうからな。だが、しっかりと口止めはするのだぞ？」

「はい！　ありがとうございます！」

うふふ、真白と黒銀が正式にうちの子になりましたよ！

さて、契約獣他諸々についてはこれで大丈夫、と。お次は――

「あの、お父様？　折り入ってお願いがあるのですが」

「ダメだ」

「えっ!?　まだ何も話してはいないのですが!?」

瞬殺とかひどいよパパン！

「今日の出来事だけで、正直私はかなり疲れたんだ。これ以上、悩みの種を増やさないでくれ」

はうっ！　大きなため息付きでそう言われると……

で、でも、そろそろ我慢《がまん》の限界なんだもの！

「ご心配おかけして申し訳ございません。ですが、新作メニューの開発のため、明日どうしても市場へ行きたいのです」

要はバステア商会へ行きたいわけなんだけど。

「し、新作!?　い、いや、しかし」

「クリステア、レイモンド殿下の滞在中は屋敷の警備を固めなければならないんだ。クリステアの護衛に回せる人員はいないんだよ」

新作と聞いてグラつき始めたお父様を遮り、理由を説明するお兄様のほうが冷静ですね!

「私に護衛は必要ございませんわ」

「以前も説明しただろう。護衛なしで歩き回るのは危険だと」

「大丈夫ですわ。転移でサッと行って帰ってきますし、大抵の敵は魔法で倒せます!」

ふんす!　と鼻息も荒く張り切って答えたものの、お父様とお兄様は護衛なしは許さんの一点張り。うーむ、手強《てごわ》い。

『護衛ならば、我がすればよかろう』

「黒銀」

『我以上に強い人など、そうおるまい』

ふふん、とドヤ顔で言う黒銀。

「そうかもしれませんが、どれだけ強かろうと、街中で狼を連れ歩くわけにはまいりません」

確かに、いくら黒銀が強かろうと、大きな狼を市場へ連れていったら大騒動になる。だからワンコサイズになってと言ったのに……あ、それだと護衛にならないのか。ただのお散歩だよね。

『ふむ、この姿ならば問題なかろう』

ゆらりと形が歪《ゆが》んで見えたかと思えば、黒銀のいた場所に一人の青年が立っていた。黒が混じった暗めの銀髪に、精悍《せいかん》な顔立ち。背が高く、鍛え上げられた身体にドリスタンの服をラフに着こなした美丈夫《びじょうふ》がそこにいた。

「くっ、黒銀!?　貴方、人の姿になれるの!?」

「ああ。一時は退屈しのぎに、この姿で人に紛れて王都や他の領地で過ごしていたこともある。我の正体がバレたことはないぞ？」

ニヤリと答える黒銀。黒銀ったら、そんなことしてたのか。前に人里離れて云々《うんぬん》とか言っていたけど、あれは何だったんだ。

「聖獣様が人の姿で王都に!?」

驚いているお父様とお兄様。確かにびっくりだよねぇ、私も驚いたわ。

だけどグズグズしてる暇はない。二人が動揺している今がチャンスですっ！

私は、たたみかけるように説得を始める。

「ねぇ、お父様？　黒銀に護衛を頼みますわ。黒銀も私も転移魔法が使えますし、荷物はインベントリがあります。ですから、外出の許可をくださいませ」

「黒銀殿が護衛として同行するのは問題ない。しかし、護衛一人だけというのはな」

渋面を作るお父様。んもー、手強《てごわ》い！

『おれも、ごえい、できる』

「え？」

真白がそう言った直後、抱きかかえていた私の手から床に降り立つと、姿が揺らぎ人型になった。えええええ!?　真白まで!?

真白は、白銀の髪の少年姿になった。年の頃でいうとお兄様達より少し上くらいだろうか。私より小さいのかと思いきや！

細っこいけど、身体は鍛えられているようでしなやかだ。お兄様を真似《まね》たのだろうか、よく似たシンプルなシャツとトラウザーズを身につけ、すっくと立つ姿は凛々《りり》しいながらも愛らしい。

「おれも、くりすてあを、まもれるよ？」

ぽかんと眺めていた私の前に跪《ひざまず》いて手を取り、キリッ！　と告げるものの、美少女

と見まごうごとき美少年なので、ただただ可愛らしい。

「真白も人の姿になれたのね……」

「くりすてあのために、はじめて、ひとのカタチに、なったんだよ。くろがねに、できるんだから、おれにも、できる」

えっ、そうなの？　しかも黒銀に対抗してって……。可愛いけど、本当に独占欲が強いんだなぁ。

今後に少し不安を覚えつつ真白の頭を撫で撫でIすると、真白は嬉《うれ》しそうに微笑んだ。

ああ、髪サラサラだぁ。はあ、可愛い。お願いだから、ヤンデレさんにはならないでね？

「これで、くりすてあは、おでかけできる？」

こてん、と小首を傾げて真白が問う。あー、いちいち可愛いですっ！

「お父様、いかがでしょう？」

「むしろ犯罪者を余計に引き寄せそうな気もしなくもないが」

それについては激しく同意です、お父様。

「護衛として聖獣殿が二人もついてくださるなら、これ以上に安心なことはないか……」

「その通りですわ！　行くのは市場と商会だけです。危険な場所には絶対に行きませ
ん！」

しかも、往復は転移だし！

「……よかろう、外出を許可する。しかし、必ず決められた時間に戻ってくること」

「もちろんですわ!!　ありがとうございます！」

「そして、新作は必ず私のいる時に披露《ひろう》すること」

「は？　はい。もちろんですわ！」

パパン、そんなに新作が気になっていたのか……

「そうと決まれば、早く部屋へ戻って休みなさい。寝不足で出かけるのは許さないぞ」

「はい！　おやすみなさいませ、お父様！」

私は結界を解除し、元の姿に戻った真白と黒銀を連れて自室へと向かったのだった。

はぁ……今日は濃い一日だった。

ややぐったりしながらもなんとか自室にたどり着いた私は、すぐさまミリアを呼んだ。

「クリステア様、お戻りで……きゃあ！」

真白と黒銀の姿が視界に入った途端、ミリアは驚いて固まってしまった。

あっ、そうか。黒銀は見た目まんま狼だからね。そりゃ怖いよね。さらに大きな元の姿を知ったら卒倒《そっとう》するんじゃないかな。まずはこの姿の黒銀に慣れてもらわないとね。

「ミリア、話があるの。聞いてくれる？　この子たちは大丈夫だから、こちらへ」

「は、はい」

ビクつきながら部屋の中へ進むミリア。

結界魔法はお兄様がまた飛んできそうだから、遮音にして……と。

「ええと、紹介するわね。この子たちは私の契約聖獣なの。ホーリーベアの真白と、フエンリルの黒銀よ」

「ええっ⁉　聖獣様、ですか？」

「真白、黒銀、彼女はミリア。私付きの侍女よ」

『よろしくね』

『ミリアか。よろしく頼む』

「は、はい。こちらこそ？　え？　ええ？」

あ、そうか。念話とか、わからないよねぇ。

「ミリア、今二人が挨拶してくれたのよ」

「聖獣様とお話ができるのですか⁉」

あっ、ミリアがキラキラした目になってる。そうだよね、動物とお話なんてファンタジーな体験、滅多にできないもんね。セイたちと出会ってからなんか麻痺《まひ》してるな、私……

それから、ミリアにも、お兄様がお父様にしたのと同じ説明をする。

「……というわけで、真白や黒銀と契約したの」

「はあ、そうなのですか。クリステア様は……その、何と言いますか、色々と規格外な方でいらっしゃいますから、もう大抵のことは驚くまいと思っていたのですが……想像の上を行かれますね。驚かずにいるのは、到底無理なことがよくわかりました」

……え？　ミリアさん⁉　今の説明でそんな理解、いや誤解されるのは不本意なんだけど⁉

「それで聖獣様のことは、もしかしてまた内密の話なのでしょうか？」

さすがミリア。話が早い。

「ええ、お父様とお兄様はご存知だけど、他の方……特に、王太子殿下やその関係者の皆様には絶対に内密にお願いね？」

「かしこまりました」

あっ、なんとなく察しました、みたいな目で見るのはやめて？

「真白と黒銀は原則私の部屋から出ないこと。お父様とお兄様、そしてミリア以外の人の前ではみだりに姿を現さないこと。いい？」

『それでは主《あるじ》を護《まも》れぬではないか』

『くりすてあのそばに、いられないの？』

どちらも不満なようだけど、我慢《がまん》してもらわないとね。

「ごめんなさいね。とりあえず、王太子殿下がお帰りになるまでの我慢《がまん》だから」

真白と黒銀をよしよし、と撫でながらなだめる。

うーむ、このモフモフがあんな風に人型になるなんて、思いもよらなかったな。白虎様たちも人型になれるんだから、不思議ではないのだけど。何だろう、私の周囲のイケメン率。

顔面偏差値が高すぎて、自分が埋没気味な気がしてならないわ。いや、間違いなく埋没してる。

「クリステア様、あの……」

はっ！　いかん、ぼんやりしてた。

ミリアを見ると、もじもじと何か言いたそうにしている。ああ、そうか。わかってますよ、同好の士ですもの。

「ミリアも撫でてみたい？」

「あ、あの……はい」

真っ赤になって俯《うつむ》くミリア。可愛い。

「ねえ真白、黒銀？　ミリアが貴方達の素敵な毛並みを触《さわ》りたいそうよ。撫でさせてあげてくれる？」

『……それが主《あるじ》の望みであるなら』

『うん、いいよ～』

「ありがとう。ミリア、さあ、どうぞ？」

ミリアにそう促すと、おずおずと近寄り、そうっと撫で始めた。

「ふわぁ……なんて素晴らしい毛並みなんでしょう！」

うっとりしながら撫でまくるミリア。そうでしょう、そうでしょう。うちの子たちの毛並みは最高ですよね！

「うふふ。ミリアもブラッシングを手伝ってね？」

「はい！　喜んで!!」

この日、エリスフィード家にてモフモフ同好会が正式に発足、活動開始したのであった。

うん、真白と黒銀にそれぞれ専用のブラシを買ってあげよう。色はもちろん、白と黒でね。

おはようございます。クリステアです。

昨夜はすっかり遅くなったこともあり、スコンと落ちるように寝入ってしまった私です。中身は夜更《よふ》かし平気な大人でも、身体は子供ですからね。

そして、先ほど目覚めたわけですが……動けません。金縛《かなしば》り？　いや違います。モフモフ包囲網《ほういもう》によって動けないんですよ。足元には黒銀が顎《あご》を載せ、真白は私のお腹の上に。重くはないんだけど、これ動けないよね？　どうしてこうなった⁉

幸せだけど！　モフ天国は最高だけど、早く起きなければならない事情があった。

「真白、黒銀。起きて？」

『……む、起きたのか。まだ寝ていても良かろう？』

くわわぁ……ふ、と欠伸《あくび》を一つして、また顎《あご》を載せてしまう黒銀。こらこら。

『くりすてあ、おはよぉ……まだねてていいよぉ……』

いやいや、真白？　ふたたびスヤァしないで？　可愛いけど！

「朝食に間に合わなくなるからダメ。起きるわよ」

心を鬼にして断る。モフ天国には大変心惹《ひ》かれるけど、今日はお買い物に行くのだ。

惰眠《だみん》をむさぼる暇はないのですよ！　それに、今の私には重要なミッションがあるのだ。

渋々離れた真白と黒銀を一撫でして、お手洗いに駆け込んだ。

ミッション完了。人として、いや、うら若き乙女《おとめ》としての尊厳は守られました……ふう。

気を取り直して、身支度を整えてから朝食の席へと向かう。

真白と黒銀は部屋でお留守番ですよ。ごめんね？　インベントリに確保しておいた昨日のオークカツを出してあげたので、機嫌は悪くなかった様子。よかった～。

今朝のメニューは、薄切り肉とチーズを挟んだお食事系フレンチトースト。これにサラダとコンソメスープを添えて、本日の朝食が完成です。

「甘いフレンチトーストなら王都でも食べたことはあるが、これも美味《うま》いな」

ああ、もうフレンチトーストは王都まで広まっているのね。

それにしても、もぐもぐといい食べっぷりですね、王太子殿下。こんなに食べているのに、なぜブクブクと太らないのか不思議に思っていたけど、朝起きたらお兄様と一緒に剣や魔法の訓練をしているそうな。

なるほど、それならお腹が空《す》くだろうから、この食べっぷりにも納得ですね。

むしろ、私は人のことを言ってる場合ではないかもしれない。真白、クッションがよく利《き》いていて寝心地がよかったのかな……

「ノーマン、今日は街へ視察に行こうと思うんだが」

えっ!?　王太子殿下、なぜよりによって今日街に!?

私が街へ行くことをうっかり話してしまったのかとお兄様を見ると、違う違う！　と首を振っている。ええ？　何だろう、ただの偶然？

だがしかし！　私に行かないなんて選択肢はない！　そもそも、ほとんどの買い物はバステア商会がメインだもの。王太子殿下の視察なんて、セイたちとちょっとお茶してる間に終わるだろうし。どこかでニアミス？　そんなのしないしない！　お出かけは敢《かん》行《こう》しますよっ！

「クリステア嬢も、一緒に行かないか？」

「!?　わ、私もご一緒に、ですか？」

コンソメスープを危うく噴き出しそうになるのをどうにか堪《こら》えた。

「ああ、街のことを色々教えてくれないか？」

「私、滅多に街へは行きませんので、お教えできるほど詳しくありませんわ。それに、今日は用事がございますので」

お買い物という用事がな！　王太子殿下と一緒に行動なんて、不便なことこの上ないわ。移動だって、転移でサッと行って帰るほうが楽に決まっている。乗り心地の悪い馬車には極力乗りたくないので、丁重にお断りしますわっ！

「そ、そうか」

しょぼんとした様子の王太子殿下を見て、ちょっとかわいそうにならなくもないけど、これ以上の面倒はごめんです。

王太子命令だ！　とか言うような傲慢《ごうまん》王子じゃなくて本当によかったわぁ……ん？　お兄様もしょんぼりしている……？　お兄様とお出かけできないのは残念だけれど、バステア商会にはセイたちがいるからねぇ。お兄様は王太子殿下のお供を頑張ってくださいね？

心の中で密《ひそ》かにお兄様にエールを送ったのだった。お土産《みやげ》、買ってきますからね！

朝食を終えた私は自室へと戻り、準備してもらった商家のお嬢様風ワンピースに着替えた。ミリアには今回別の護衛がつくことを伝え、留守番してもらうことに。

真白と黒銀が人型になれることは教えていないので、護衛は現地で待っているとミリアには説明し、この部屋から転移するからと退出してもらった。

「主《あるじ》、その姿では見つかりやすいのではないか？」

人型になった黒銀が私の変装を見て言った。

「え？　何かまずいかしら⁉」

ワンピースの裾《すそ》をつまみつつチェックする。

「いや、その髪の色は特徴的だから、見つけられやすいかと思ってな」

ああ、確かに私のチェリーブロンドの髪はわかりやすいだろう。前回は三つ編みにしてサイドにたらし、帽子を被《かぶ》っていたのでさほど目立たなかったと思う。同じようにしたらいいかな？

「主《あるじ》、じっとしていろ」

黒銀はそう言うと、何かの魔法を展開した。

「……と、もう良いぞ」

姿見を確認すると、茶色の髪と瞳に変化していた。姿変えの魔法の応用で、色だけを変化させたらしい。何それ。超便利じゃない!? お買い物から帰ったら教えてもらおう。

真白も目立つ銀髪を明るい茶色の髪に変化させて、街でよく見る少年の格好になっている。

黒銀は、昨日よりさらにラフな服装になったのだけど、ちょいワルな遊び人風になってませんかね、それ？ そして、無駄に色気ダダ漏れじゃないですかね？ お忍びなのに、目立ちそうですよ？

ま、まあいいか。黒銀が目立てば、相対的に私や真白は目につきにくくなるだろうから、良いカモフラージュだと思うことにしよう。

出かける支度が整った私たちは、ひとまず白虎様に念話でコンタクトを取ることにした。

『白虎様、今よろしいですか?』

『……あ? ああ、お嬢か。どうした?』

よかった。繋《つな》がった。

『あのですね、いきなりで申し訳ないのですが、これからそちらに転移でお伺《うかが》いしたいのですけれど……よろしいでしょうか?』

転移先をどうするか全く決めていなかったので、人目がつかないところ……と考えたら、セイのところに転移させてもらうのが確実だという結論に達したのだ。うう、アポなし訪問とか淑女《しゅくじょ》にあるまじき失態だ。

『ちょっと待て、セイに聞いて……ああ、いいってよ。しかしどうした? わざわざ確認するなんて』

『前回の二の舞にはならないように気をつけているだけです』

『ああ、あれか……。さすがに同じ轍《てつ》は踏まないか』

クックッと笑い声が響く。ぐぬう、誰のせいだと思ってるのよ。

『当たり前ですっ! もう。では、これから前回お伺《うかが》いしたお部屋に転移いたしますね？』

『おお、今は俺たちしかいないから大丈夫だ』

『ありがとうございます。では』

「さあ真白、黒銀、行きましょう！」

そう言って私達は転移魔法でセイたちのもとへ移動した。


「クリステア嬢、久方ぶりだな」

あら、今日のセイはいちまさん……着物姿ではないのか、残念。白シャツにトラウザーズと、どこにでもいるような少年の姿だ。顔立ちがオリエンタルだから、どこにでも、というのはちょっと語弊《ごへい》があるけれど。でも、これはこれでよく似合っているな、うん。

「お久しぶり、セイ。たった数日のことだけど、しばらく会わなかったみたいに感じるわね」

ふふ、とお互い笑いながら挨拶を交わす。

「クリステア様ーッ！　お久しゅうございますわっ！」

そう呼ばれたかと思えば、ムギュッと視界が塞《ふさ》がれた。

「本日はお忍びですのね？　町娘の姿も可愛らしいですこと！」

……す、朱雀様？　あの、顔がお胸に埋もれてしまって、私、息が……！　息ができなくて苦しいのですが⁉　むぐ……！　そして圧力が、半端ないです。このままだと窒息死が先か圧死が先かわかりませんよ⁉

「おい、放さんか。主《あるじ》を殺す気か？」

黒銀がベリっと朱雀様から私を引きはがしてくれた。

ブハァッ！　さ、酸素‼　く、黒銀、グッジョブですよ！

そんな私の傍《そば》に来た真白は「だいじょうぶ？」と心配そうに声をかけてきた。ああ、さりげなく朱雀様との間に入って、護《まも》ろうとしてくれている。ありがとう、真白。でも、貴方の身長だと同じように朱雀様の餌食になるから危ないよ⁉　あれは最早凶器だよ？

「……あら、何やら犬くさいと思ったら、野犬が紛れ込んでますわね？」

はん、といった様子で朱雀様は黒銀を挑発した。

「あぁ？　ピーチクパーチクと喧《やかま》しいだけの鳥風情がなんでこんなところにいる？」

ピクリ、とこめかみを引きつらせた黒銀も負けじと応戦。

「なんですってぇ⁉　この駄犬《だけん》！」

「駄犬《だけん》だと⁉　我はフェンリル様だこのクソ鳥がっ‼」

あわわわわ何だこれ、一触即発《いっしょくそくはつ》な雰囲気じゃないか⁉

「ああ、久々に会ったと思えばまたこれか」

「……白虎様、どういうことです？」

不穏な空気にヒヤヒヤしながら問いかける。

「昔会った時から、どうも彼奴《あやつ》らはウマが合わないらしくてなぁ」

ちょっと！　そういう情報は先に教えといてくださいませんかぁっ!?　あの二人が仲悪いの知ってたら、ニアミスしないように気をつけたのに！　白虎様のばかっ！

「お前のような薄汚いケダモノが、クリステア様の契約獣ですって!?　冗談も大概になさいな。認められませんわ！」

「はっ、生憎だな。我は主《あるじ》に認められ、契約を交わしたのだ。最早おぬしがくちばしを挟む余地なぞないわ。引っ込んでおれ！」

「なぁんですってぇ!?」

「はいストォーーーーップ!!」

ヒートアップしてきた二人を無理矢理止める。

「クリステア様!?」

「主《あるじ》？　止めてくれるな。此奴《こやつ》に引導を渡してくれるわ！」

「今後ケンカしたらご飯もおやつも抜きですっ！　どちらが悪かろうとケンカ両成敗《りょうせいばい》、どちらも抜きですっ！」

「「ぐっ!?」」

ご飯&おやつ抜きと聞いて、二人とも渋々ケンカを止めた。よしよし。効き目はばっちりだ。

「縁あって、朱雀様とお知り合いになり、また黒銀とも契約したのです。お二人が私のことで争うのを見るのは悲しいですわ。できれば仲良くしてほしいの」

駄目押しに、よよ……と今にも泣きそうな表情で訴えてみる。

「クリステア様ったら、なんてお優しいんでしょう」

「主《あるじ》……わかった、善処しよう」

「本当に？　……よかった。でしたら、仲直りの印に皆様でお茶にしましょうか？」

にこーっと笑って提案した。白虎様の顔がちょっと引きつって見えるけど、気のせいだよね？

早速全員分のお茶を用意して、テーブルを囲む。

「トラから聞いていたが、まさか本当に聖獣と契約するとは思わなかったぞ」

セイが苦笑気味に言う。

「あら、相性が良いとか、素養があるみたいに言ったのはセイでしょう？」

それに、契約を押し売りしてきたのは白虎様だ。私からではなく、向こうからきたんだから、不可抗力ってやつですよ？

「それはそうだが……。実際に契約となると簡単にできるものではないし、ましてや複数契約なんて滅多にないぞ？」

「セイがそれを言うの？」

「俺の場合は事情が違うだろう？」

私のツッコミに対して肩をすくめて答える。

「まあ、そうだけど……」

「使役獣と違って、契約獣は主人への独占欲が桁《けた》違いに強いそうだから、普通は一体との契約が精々だな」

ああ、うん。それは昨日から実感しまくってます。

「はは……そうみたいね」

「その分、主人を護《まも》ろうとする想いは強いから、悪いことではないのだろう」

それは確かにありがたいことだわ。

「そうね。でも、私みたいなただの貴族の娘が、聖獣様に護《まも》られるような危険な目に遭《あ》うことってほとんどないと思うから、宝の持ち腐れというか……」

今回のように、お買い物の護衛としてお父様の説得材料にされるとか、申し訳ない気もするなぁ。助かるけど。

「「「「……」」」」

ん？　なんで皆ジト目でこっち見てるの？

「自覚がないって恐ろしいな」

「ああ、白虎の言う通りだ」

「でも、そこがクリステア様の良いところなのですわ」

「まあ、それも含めて我が気をつけておくか」

「おれも、しっかり、めんどうみる」

ん？　なんだなんだ？　このしょうがない子を見るような生温かい視線は!?

……解《げ》せぬ！

周囲の生温かい視線に耐えられなくなり、当初の目的である例の品のありかを聞くことにした。

「そ、そういえば、白虎様？　お約束のものをいただきたいのですが!?」

「約束？」

「もう！　忘れたんですか？　梅干しのこと！」

そう、昨夜期待して部屋に戻ったものの、梅干しが届けられていなかったのでがっかりしたのだ。

「あ？　あーあれか。すまん、すっかり忘れてた」

「お好きではないとおっしゃっていたので、そんなことだろうと思っていましたよ。ですから、いただきに参りました」

待ちに待った梅干しだ。来ないのならばお迎えに行くしかあるまいて！

「どんだけ楽しみにしてたんだよ。あんなの、すげーすっぱいし、しょっぱいしで美味《うま》くないだろ？」

白虎様に呆れられたけど、それがいいんじゃないか！　あ、思い出しただけで……生唾が湧いてくるう……っと、いかんいかん。

「ああ、梅干しが目当てだったのか。いつ渡そうかと思ってたんだ」

「主《あるじ》、私が取ってまいりますわ」

「ああ、すまない。頼む」

「クリステア様、少しお待ちくださいませね？」

そう言って朱雀様は、ふんふふーん、と鼻歌を歌いながら颯爽《さっそう》と部屋から出ていった。

「あっ……商会のほうにあるなら、私がそのまま向かえばよかったわ」

他にも買いたいものがあったのだから、どのみち店舗へ行く予定だったのだ。

「ああ、それならこれから向かうか？」

「そうね、そうしましょうか」

セイの提案を受けて、ドアに向かったその時。

ダダダダダッバタンッ！　と、朱雀様がすごい勢いで駆け込んできた。

「ムゴッ！」

凶器再び。勢いがある分、圧力もすごかった。く、首が……

「お前っ！　また主《あるじ》に！」

「今回は不可抗力ですわ！」

苦情を申し立てようとした黒銀に、朱雀様は慌てて弁解した。

「申し訳ございませんわ、クリス……いえ、とりあえずこちらへ」

朱雀様はそのまま私を抱きかかえて移動しようとするけれど、あの、息っ！　息ができません！

ドアから離れたところでやっと降ろしてもらい、息も絶え絶えの私を気遣いつつ、朱雀様が告げた。

「申し訳ございません。大丈夫でしたか？　今、商会に王太子一行がいらっしゃいました。しばらくこのまま部屋に留まったほうがよろしいですわ」

「え？」

「念のため、結界を張っておくか」

そう言うと、白虎様が結界を素早く展開する。

「そのほうが良さそうですわね。王太子と、そのお付きと思《おぼ》しき少年、少し離れた場所に護衛らしき者が数名控えておりましたわ」

「そうか、今日は俺も変装しておらぬし、この姿でクリステア嬢と一緒のところを見られてはまずかろう。街中ならいざ知らず、狭い室内だと色変えの魔法程度ではクリステア嬢と気づかれるやもしれん。よく教えてくれたな、朱雀」

「間に合って、ようございました」

王太子殿下とお兄様が今、このバステア商会に⁉　ちょっと待って、どうして⁉　お兄様のことだから、私の存在にすでに気づいてるんじゃないかな？　誰だ⁉　ニアミスなんかしないって呑気なことをぬかしたのは？　……私だよ‼　なんでよりによって、ここに来るかなあああぁ⁉

「……そろそろお帰りになったかしらね？」

王太子御一行がバステア商会にやってきてから、お茶しながら結界を張ってやり過ごすことしばし。……さすがに待ちくたびれたので買い物に行きたい。

「ああ、様子を見てこよう」

白虎様がスルリと結界を抜け、確認のため向かった。

……自分が張った結界って、抜けられるの？　知らなかった。今度試してみようかな。

「あらいけない。クリステア様、先ほど例の物をお持ちしていたのを忘れておりましたわ」

朱雀様はそう言って、胸の谷間から小さな壺《つぼ》を取り出した。……いくら小さいからって、そこから出てくるサイズじゃないよね!?　朱雀様もインベントリが使えるってことかな？

「あ、ありがとうございます！　……あれ？　セイ、これだけしかなかったの？」

明らかに量が少ない。これじゃ、あっという間になくなってしまう。

「ああ、それは口に合わなかったらいけないと思って、試食として渡そうと思っていた分だ。もし気に入れば、残りも渡そうと思っていたんだが」

……いやいやいや。気に入らないも何も!?　前世ぶりの梅干し様ですよ？　カリカリ小梅から蜂蜜《はちみつ》梅までこよなく愛してますから！

しかも、この世界の梅干しなら、保存食の意味合いが強いから塩分控えめなんてことはなく、昔ながらの梅干しに違いない。うわぁ、想像するだけでまた生唾が湧いてくるじゃないか。

「ううん、大丈夫。せっかくだから全部いただくわ」

むしろ、こっちのサンプル品をセイのために置いて帰ったほうが良いのではと思うくらいだ。

「お嬢。例の一行はもう店を出たらしいぞ」

結界を解いて報告する白虎様。

「ああよかった。それじゃ行きましょうか？」

今度こそ、と売り場へ向かうと、白虎様からすでに通達されていたのか、従業員に歓待された。

「梅干しを全て買い取りたいのですけど」

そう伝えた途端、従業員は明らかに挙動不審になった。

「あの、申し訳ございません。先ほど、全て売れてしまいまして……」

「えっ!?　全て？」

どういうことだ、今まで死蔵していた不良在庫だったはずの梅干しが、いきなり完売した……だと!?

「は、はい。先ほど、お嬢様のお兄様とご友人がお見えになりまして、全てお買い上げに」

「お兄様が？」

それならば、私へのお土産《みやげ》ということなのかもしれない。

「いえ、ご一緒にいらしたご友人が全てお買い求めになりました」

え？　王太子殿下が買い占めた!?　王家への土産《みやげ》にでもする気なのだろうか。

……殿下、貴方はその梅干しの価値をわかって購入したのですか？　ただ珍しいだけで買い占めたのなら……許さんぞぉ!!

しかし殿下が買い占めたなら仕方ない。せめてお兄様経由で宮廷料理人宛に、梅干しを使ったレシピを渡してもらおう。下手したらまともな食べ物と思われず、宮廷料理人に捨てられてしまうかもしれないし。せっかくの梅干し様、無駄になんてさせないんだからねっ！

……あわよくばお兄様に、殿下から梅干しを少し分けてもらえないか頼んでもらえないかなぁ？　この小さな壺《つぼ》の中身だけじゃ足りないよぅ……ぐすん。

「はあ……残念」

「こんなことなら、しっかり全部確保しておくべきだったな……すまん」

僅《わず》かばかりの梅干しを手にため息をついてしまった私に、申し訳なさそうに謝るセイ。

「ううん、今回は縁がなかったってだけだもの。他に掘り出し物がないか探すことにするわ」

そうなのだ。本日の目的は梅干しだけではない。新作のために、ある材料を探しに来たのだ！

「ねぇセイ？　寒天は置いてあるかしら？」

「カンテン？」

そう、本日の目的その二は、寒天を手に入れることだ。あれで作りたいものがある。

「ええと確か、天日干ししたテングサ……海藻を水に浸《ひた》して、それを煮て濾《こ》した後、うわずみを固めて干したもの……？　だったかな？」

煮る時に何か入れるような気がするけど、何だったっけ？

「面妖《めんよう》なものを欲しがるんだな？」

さっぱり見当もつかないようで、「何だそれ？」といった表情のセイ。お料理しないならわからなくても仕方ないか。

「そうかな？　見た目は多分、白っぽいスカスカしたスポンジ……えーと、柔らかい繊維のかたまりというか」

どうもセイには想像できないらしく、捜索は難航するかと思えたのだけど。

「主《あるじ》、これではないか？」

そう声をかけた黒銀が手にしていたのはまさしく……寒天！

「ああっ！　それ！　それです！」

タターッと黒銀のもとへ駆け寄り、寒天を手に取った。やった……あったんだ、寒天！

なければ危険覚悟で海に入って、テングサを採るところからやろうかと思っていた。この世界では海で泳ぐなんてレジャーは存在しないからなぁ……海に魔物がいるから仕方ないんだけど。

「黒銀は、よくこれが寒天ってわかったわね？」

柔らかい繊維のかたまりって、自分で言ってて「何じゃそりゃ？」って思ったのに。

「ああ、我は鑑定ができるからな」

は？　黒銀ったら、まさかの鑑定スキル持ち!?　黒銀の株がぐんぐん上がっていくんだけど!?

……おっといけない。今は鑑定じゃなく寒天に集中しないとね。

「あの、この品は売れているのかしら？」

「いいえ、お嬢様。使い道がわかるお客様がおらず、全くと言ってよいほど売れておりません」

従業員に聞いてみると、やはり不良在庫と化している様子。まったく、バステア商会の仕入れ担当はどうなってるんだ。お蔭《かげ》で在庫はたんまりあるわけだけど。じゃあ、遠慮しないでいいよね？

「でしたら、全て買い取りますわ」

「えっ⁉　ぜ、全部、ですか？」

「ええ、全部。……ダメですか？」

お兄様たちといい、エリスフィード家の関係者が食材を買い占めすぎるので警戒されているのだろうか。

「い、いいえ！　滅相《めっそう》もない！　ただ、在庫がかなりございますが、よろしいでしょうか？」

大丈夫、沢山の在庫、大歓迎！　ってことで、後で屋敷のほうへ届けてもらうよう手配した。

「お買い上げありがとうございます。それで、先ほどの梅干しの件でございますが」

「ええ、何かしら？」

「実は、我が商会の中庭に梅の木がございます。毎年実をつけるのですが、無駄に落ちて腐るばかりでして。梅の木そのものは景観維持のためお譲りできませんが、もしよろしければ、実をつけました際は、梅干しのレシピをお付けしてお譲りいたしますが」

「本当ですか⁉　ぜひ！」

「今年はもう季節が過ぎてしまいましたが、来年には必ずお渡しするとお約束いたします」

無駄になるくらいなら、有効活用してもらったほうがいいってことかしらね。だったら、遠慮なんて必要ないでしょ！

「ぜひお願いいたしますわ！　ありがとうございます」

私は満面の笑みで答え、お礼を言う。

それから寒天の他にも色々と物色して会計を済ませた私は、バステア商会を後にした。セイたちには、後日新作を届けることを約束して。

むふふ、やったね！　来年は梅干しだけでなく、梅シロップも作って楽しむぞー！

来年は学園に入学するから王都にいるけれど、梅の仕込みのために転移でマメに帰ろうと固く誓う私なのだった。

バステア商会を出てから、私と真白と黒銀の三人は市場へと向かった。

「主《あるじ》よ、先刻のスカスカした棒きれ、あれは本当に食えるのか？」

自分で鑑定しておきながら、黒銀には寒天がどうしても食べ物と思えないらしい。

「そうよ？　あれはそのまま食べるわけじゃないの」

うっふっふ。帰ったらさっそく試作してみようっと。

「だからかー、さっきたべたら、あれ、おいしくなかった」

……真白ったら、いつの間につまみ食いしたの？

「……とにかく、帰ったらあれで何か作ってみるから、試食をお願いするわね」

「うむ、期待しておるぞ」

「たのしみ」

市場では、カレー粉の追加を作るのに足りなかったスパイスやその他乾物、新鮮なフルーツやミリアへのお土産《みやげ》にお菓子を買った。むっふー！　大漁大漁！

小腹が空《す》いたので、屋台で何か食べようと向かうと、遠目にお兄様とレイモンド殿下がいたのを見つけた。うえっ!?　まだいたのぉ!?

まあ、お忍びで遊ぶなんて、そんなにないだろうから仕方ないか。私だってそうだもんねぇ。

レイモンド殿下には気づかれていないようだけど、お兄様は私の魔力の気配を察知したのか、さりげなく周囲を窺《うかが》っている様子。……お兄様には、クリステアセンサー《わたし》でも備わっているのだろうか？

「主《あるじ》、どうする？」

「かえる？」

二人もお兄様たちに気づいたらしく、引き上げるかどうか聞いてきた。

久々のお忍びなのは、こちらも同じなんだよねぇ。

「二人とも、お腹空《す》いてない？」

私は空《す》いている。せっかくだから、やっぱり屋台で何か食べたいんだよね。

「我は主《あるじ》の作るメシが食いたい」

「おれも、くりすてあのごはんがいい」

ううっ。嬉《うれ》しいけど屋台メシの賛同者がいないとかつらい。

「主《あるじ》は何か食べたいものがあるのか？」

「え？　ええと、あそこのお肉を切ってるとこ……」

ケバブのようなものを挟んだパンがちょっと気になっていた。しかしあそこは、お兄様たちのいる場所から丸見えなので、近づけないなぁと思っていたのだ。

「我が買ってこようか？　主《あるじ》は奴らに見つからぬよう彼処《あそこ》で待っているといい」

「うむ。我も久々に長いこと人の姿でいたので少々疲れたな」

するりと黒銀はフェンリルの姿に変化して、私にぴたりと寄り添う。

『くりすてあ、ぎゅってして?』

真白、魔力を補給したいのかな?

「はいはい、ぎゅー」

真白を抱きしめる。モフモフ、撫で撫で……はー、モフモフに癒《いや》されるわぁ。

『主《あるじ》、我にもだ』

「はいは……」

『くろがねには、しなくて、いい』

背後からすり寄り、私の肩に顎《あご》を載せてきた黒銀の頭を、真白がぐっと押し戻した。

ああっいいなぁ！　私も肉球で押されたいっ。

『むっ、本日活躍したのは我だと思うが?』

真白の肉球ブロックに、むっと抗議する黒銀。

『……しかたないから、ゆずってやっても、いい』

今日の黒銀の活躍については文句のつけようがなかったらしく、真白は渋々その場を譲った。

何だかなー。前世で甥《おい》っ子と姪《めい》っ子が、どっちが私と遊ぶかで争っていた時によく似てる。

「二人とも仲良くしてね？　ケンカしたら、ご飯抜きだからね？」

黒銀を撫でつつ、今後ずっと言い続けることになるであろう魔法の言葉を放つ。

『けんかは、してない』

『我は何もしておらんな』

ソーデスカ。この二人が仲良くなる未来は訪れるのだろうか。

「お帰りなさいませ、クリステア様。お買い物はいかがでしたか？」

私が戻ってきたのが気配でわかったのか、ミリアがやってきた。

……ミリアも大概、クリステアセンサーが備わっているとしか思えないな。

「上々よ。探していたものも見つけたし」

来年は梅の実が手に入ることも確定したし、今回の買い物は大収穫だったわぁ。

「ただ、バステア商会や屋台でお兄様やレイモンド殿下と鉢合わせそうになってまいったわ」

「まあ、それは大変でしたわね」

「なんとかレイモンド殿下には見つからずに済んだからよかったけれど……」

あれさえなければ、もっと気がねなくお買い物できたのになぁ。

「ああそうだ。ミリアにお土産《みやげ》があるの」

インベントリから、ミリアへのお土産《みやげ》として買ったお菓子を取り出して渡した。

「まあそんな、私のことなどお気になさらなくてもよろしかったのに」

そう言いながらも、「ありがとうございます」と嬉《うれ》しそうに受け取ってくれた。

今度は一緒にお買い物行こうね、ミリア。

第九章　転生令嬢は、頑張りすぎる。

「……正直作りすぎた」

帰宅後、さほど間を置かずバステア商会から寒天が納品されたので、早速調理場で試作を始めたのはいいのだけれど、ついつい調子に乗って作りすぎてしまった。

今回はお菓子作りがメインなので、お母様付きの侍女を甘味で買収してお母様の抜き打ち検査を回避できるよう対策済み。安心してお菓子作りに励めるのだ。

ところてんから始まり、あんみつ、ようかん、水ようかん……。杏仁豆腐も作りたかったけど、杏仁霜《きょうにんそう》がないから、ただの牛乳かん。ところてんはもちろん、酢醤油《じょうゆ》だけでなくブラウンシュガーで作った黒みつを用意した。私は酢醤油《じょうゆ》派、黒みつ派のどちらでもなく、その時の気分で使い分ける派だ。その時々で美味しく楽しく食べられるのが正義なのだ！

またもや背後から危険な雰囲気を感じとったので、各種試食を置いて、残りは素早くインベントリに避難させたよ。そして、そそくさと調理場を後にしました。

得体の知れないスカスカの棒切れにしか見えなかった寒天が、次々とデザートに変化するのを見て、料理人として刺激されるものがあったのだろう。向上心があるのは良いことだ。

……調理場から聞こえる雄叫びと争う気配は気のせいだと思おう。

どちらにせよ、近日中に教えを請《こ》われるんだろうな。そして教えるまではしつこく付きまとわれ……いや、熱心に通われるに違いない。

さっさと教えたほうが自分の作る手間もなくなって楽だとはわかってるんだけど、まず先にこれが私のオリジナルレシピであることを商業ギルドに登録しないとなんだよね。でないと、あっという間にレシピが広まり、勝手に登録されてしまうことがあるんだそうだ。

美味しいものが正しく広まるなら、別に私がオリジナルレシピとして登録しなくてもいいんだけど、改悪される可能性もあるからね。

うちの料理人たちは勝手に広めたりなんかしない。むしろ安心して教われないから早くレシピを登録しろとうるさいのだ。

以前、そういったことを気にせず教えていたのを料理長に叱《しか》られた。「料理人たるもの、オリジナルレシピは我が子も同然。大事に守らなくてどうします！」と。あの、私、料理人じゃなくて公爵令嬢なんですけど……皆、忘れてないよね？

釈然としないまま自室へと戻った私は、真白と黒銀にできたばかりのお菓子を試食してもらうことにした。

「ふむ。どれも美味《うま》いが、我は甘いのよりこれが好みだな。喉を滑《すべ》り落ちていく感覚も面白い」

人型になった黒銀が食べているのは、酢醤油《じょうゆ》をかけたところてん。黒みつのものも食べてはみたものの、あまり好みではなかった様子。ふむ。

「くりすてあ、どれもおいしいよー」

ニコニコと嬉《うれ》しそうに食べる真白。真白は甘党さんなんだね？　その中でも真っ先に食べ終わったのは牛乳かんか。親離れしたといっても、やっぱり恋しいのかな？　なんて言ったら怒られちゃうかな？

私は念願のようかんや芋ようかんが作れたのが嬉《うれ》しくて、ついつい食べすぎてしまいそうになったけれど、夕食のことを思い出して我慢《がまん》した。これからはいくらでも作れるんだし、ガツガツする必要はないからね。自重、自重。

寒天はデザート以外にも色々使えるから、試作が楽しみだなぁ。うっかり、作りすぎないようにしないといけない。これも、自重。

さて、夕食には手に入れたばかりの梅干しを使って何か作りたい。そして今日は暑かったのでさっぱりしたものが食べたいな。

ということで、そろそろ準備の時間だし、調理場に行ってレッツクッキングですよ！

まずは鳥のむね肉を茹《ゆ》で、その茹《ゆ》で汁を利用して鳥塩スープを作る。梅干しは種を取り除いて叩《たた》いておいて、青じそを千切りにして和《あ》えて……っと。

シンにお願いして前に打っておいてもらったうどんを茹《ゆ》でて盛り付ければ、鳥塩うどんの梅しそ添えの完成。お好みでいりごまやすりごまもかけていただきます。

……うん、これじゃ野菜が足りないな。菜園から収穫した夏野菜を素揚げしてもらって、マリネを作ろう。

「これは、さっぱりしていて食べやすいな」

「そうですね。すっぱいけれど、それがより食欲をそそるというか」

レイモンド殿下とお兄様がフォークで四苦八苦しながらも、うどんを食べていた。

「トッピングに梅干し……梅という花木に生《な》った実を塩漬けにして干したものです。その果肉をペースト状にして、刻んだ青じそと合わせました。梅干しそのものは好き嫌いが分かれる品ではありますが、このようにして食べると、さっぱりとした味わいでいただけるかと思います。それに、この酸味は疲れを癒《いや》してくれるのです」

クエン酸云々《うんぬん》を説《と》いてもわからないだろうから、曖昧《あいまい》に説明するしかないな。

「なるほど。疲れを癒《いや》すと」

「視察で動き回っていた僕たちにぴったりなメニューだね。ありがとう、クリステア」

嬉《うれ》しそうに食べ続けるレイモンド殿下とお兄様。

いや、あの、自分のために作ったようなもので、別に二人のためでは……ま、まあ良いか。笑ってごまかしとこう。

「それはそうと、クリステアや父上たちが使っているカトラリーは一体？」

お兄様がお箸に注目した。おっ？　やっぱり気になるよね？　ふふふ。

我が家では、和食が導入されてから徐々に和食器も使い始めて、今やお父様もお母様もお箸が使えるのです。お母様はまだ若干、箸づかいが怪しいけれど……。お父様はたくさん食べるだけあって、あっという間にマスターした。好きこそ物の上手なれ、というやつかな？　違うか。

ご飯やお味噌《みそ》汁なんかは、スプーンで食べるより口当たりが良いということで、好んで箸を使うようになったのだった。洋食にはもちろん銀食器を使うけどね。

お兄様とレイモンド殿下には使いにくいだろうと箸を出さなかったけど、やはり箸で巧《たく》みに食事をする私たちを見て気になったみたい。

ふふふ。お兄様にもお箸の良さを知っていただこうではないですか。

「これはお箸といって、ヤハトゥールで使われているカトラリーですわ。このように持って、料理をつまんだり、ものによっては分けたりできるのです」

そう言いながら、マリネをつまんで見せた。

「ふうん。面白そうだね。僕にも使えるかな？」

「もちろんですわ」

給仕が新しい箸を取り出したのを受け取って、お兄様の手を取り、握り方をレクチャーする。

「まずは一本、下を長めに残すようにして、そうですね、上をほんの少し出る程度で、ペンを持つようにして……ええ、そうです。そうしたら、輪になった指の間にもう一本差し込んで、中指が間に挟まるように持ちます。これが基本の持ち方です。そして上の棒だけ人差し指と中指で上下に動かせますか？　はい、そうですわ。それでつまんで……ええ、とてもお上手です」

お兄様は器用にトッピングの鳥肉をつまみ取った。呑み込み早いなぁ。

「扱いはなかなか難しいけれど、面白いね」

「そうですわね。普段使わない指の力が必要ですので、慣れるまでは戸惑うかもしれませんが……。お箸の使い方にもマナーがございますけれど、まずは楽しく食べていただくのが一番かと」

箸づかいに気を遣いすぎて、食べることがストレスになるのだけはいただけない。少しずつ上手になればよいのだ。

「マナー？　例えば？」

「そうですね、食べ物に箸を突き刺して食べる『刺し箸』、箸で器を引き寄せる『引き寄せ箸』、何を取ろうか箸先をウロウロさせる『迷い箸』、箸先を舐める『舐《ねぶ》り箸』など、無作法《ぶさほう》とされるものは色々ございますが……要は、周囲から見て見苦しい仕草全般ですわね」

「なるほど。簡素なカトラリーではあるが、それ故にマナーがきちんと確立されているわけか」

「ええ。それに、簡素とおっしゃいましたが、今使用している箸と違い、美しく装飾された箸もございます。ヤハトゥールでは、器と共に場に合わせたものを選びしつらえて、もてなすそうですわ」

「クリステアはヤハトゥールの文化に詳しいんだね」

「それほどでもございませんわ。バステア商会の方に色々教えていただいているところですの」

どれだけ前世の日本と共通点があるのか知りたいからね。根掘り葉掘り質問されるセイには申し訳ないけれど。

「クリステア嬢、俺にも箸の使い方を教えてはくれまいか？」

さっきから私とお兄様のやりとりをじっと見ていたレイモンド殿下が、自分も使ってみたいと申し出た。

「ええ、もちろんで……」

「レイモンド殿下、でしたら僕がお教えしますよ」

給仕から箸を受け取ろうとした私を制し、お兄様が名乗り出た。

「ノーマン、お前は今習ったばかりだろう」

若干眉間にしわを寄せながら、不満そうなレイモンド殿下。

「ええ。ですからおさらいも兼ねて、レイモンド殿下にお教えします」

にっこり笑ってレイモンド殿下の傍《そば》に立つお兄様。

何だろう、箸の使い方のレクチャーするだけで、えらい緊迫感が……。特にお兄様の威圧感が半端ない。

「そ、そうか。……じゃあ頼む」

結局は、不承不承お兄様から箸の持ち方を伝授されたレイモンド殿下。なんだかんだで、すぐ使えるようになった。

お兄様といい、レイモンド殿下といい、ハイスペックな人は何事においても習得するのが早いのかな？

「お兄様もレイモンド殿下も、お箸の使い方がとてもお上手ですわ」

二人を褒めるとすごく嬉《うれ》しそうだった。うんうん。褒めて伸ばすのが一番だね。

デザートは試作した中から牛乳かんをチョイス。それだけだと見た目がさみしいので、フルーツも盛り付けて華やかにしてみた。

「ほう、これはプルプルとした食感がいいな」

「この白いのは、牛乳？　確かに、味は牛乳を感じさせるけど。こんな風に固まるものなのか」

レイモンド殿下とお兄様が口々に感想を述べる中、お父様は黙々と食べている。

異常な速さで食べてますけど、おかわりはありませんからね？

「こちらは、寒天という海藻を材料にした食材を使っております。それを煮溶かして固めると、このような食感になりますの。今回はデザートにするため、牛乳と砂糖を使いましたが、他にも色々と使い道がございますのでこれから試作していこうと思っております」

いや、実はもうすでに色々作ってるけどね。

「へえ、海藻って海に生えている？　海の水は塩っ辛いけど、これは全く塩分を感じないな」

レイモンド殿下が不思議そうに言う。

「ええ、詳しくは存じませんが、海藻から寒天にする工程で塩分は抜けると思いますわ。寒天そのものには味はございませんし、食感を楽しむものですので、どのようにも使えるのです」

「へえ」

「クリステア、これのおかわりは」

「お父様、申し訳ありませんが、おかわりはございません」

「そ、そうか……」

しょんぼりするお父様。お父様って、意外と甘党なんだよねぇ。ようかんとかなら、一本まるっと食べちゃいそうだなぁ……気をつけよう。食べすぎて横に成長していくお父様なんて見たくないもの。

さっき試食でうっかり食べすぎそうになった自分を思い出し、なんだかんだで親子だなぁと思ってしまう私なのだった。


食後のお茶を楽しんでいると、レイモンド殿下がそわそわとこちらを見ているのに気づいた。

何だろう。まだお菓子が欲しいとか？

私の中でのレイモンド殿下は、すっかり食いしん坊のイメージで固定されている。

「クリステア嬢、今日視察に行った先で手に入れた土産《みやげ》があるんだ」

「えっ？」

するとレイモンド殿下は、お付きの人に指示して大きな甕《かめ》を持ち込んだ。

「美味《うま》い食事の礼だ。これを探していたとバステア商会の者に聞いたので買ってきたんだ」

ま、まさかこれは……

「すでにクリステア嬢が手に入れていたとは知らなくて、晩餐《ばんさん》に出てきた時は驚いたが。商会にあるものを全て買い取ってきたので、存分に使ってくれ」

やっぱり梅干しかーい！　なんだ、王宮へのお土産《みやげ》かと思いきや、私のためだったとは。レイモンド殿下がそんなことしなくても、私が買い占める予定だったのに。

「こんな貴重な品、受け取れませんわ」

レイモンド殿下からのお土産《みやげ》とか、怖くて受け取れないわー。何を要求されるやらわからないもんね。

「い、いや！　これを活かせるのはクリステア嬢くらいだ！　もてなしてくれた礼として受け取ってほしい！」

私が辞退するとは思っていなかったのか、レイモンド殿下は慌てて言った。

えー、めんどくさいなぁ。確かに梅干しは魅力的だけど、受け取った後が怖いもん。

「クリステア、いただいておきなさい」

「お父様？」

うっかり妄想に気を取られて、力が入ってしまったようだ。失敗失敗。

『主《あるじ》はそう言うが、彼奴《あやつ》、貢《みつ》ぎ物《もの》なんぞして必死ではないか』

「ええ？　梅干しがぁ？」

貢《みつ》ぐならもう少し気の利《き》いたものがあるだろうに。

「あれは、これをやるから美味《うま》いものを作れってことでしょ？」

『彼奴《あやつ》も、報《むく》われぬの』

『まあよい』と鼻で笑いつつ、ブラッシングの続きを促す黒銀。

何よー。貢《みつ》ぎ物《もの》って言うなら、もう少し女子の気を引くものをチョイスするでしょう。

それを梅干しって、ねえ。

悪食《あくじき》令嬢にはこれがお似合いだ！　って言ってるようなもんじゃない。そりゃあ、梅干しは嬉《うれ》しいけど。

「クリステア様、失礼いたします。ノーマン様がお見えになりました」

隣室で控えていたミリアが声をかけてきた。

「お兄様が？　いいわ、お通しして」

ついでにお茶の支度もお願いして、お兄様を通してもらった。

「すまないね。今いいかな？」

「ええ」

少し不満げな黒銀や真白をなだめ、ブラシを置いてお兄様のもとへ向かった。

ミリアのお茶をいただきつつ、お兄様との会話を楽しむ。

聞けば、王太子殿下は今日視察に出ていた分、やっていなかった課題を片付けているらしい。護衛という名の見張り付きで。

「お兄様は？」

「僕は初日にほとんど済ませているからね。残りは手の空いた時にでも進めるさ。レイモンド殿下は放っておくといつまでも手をつけないから、皆が見張っていないと。殿下はその気になってやり始めたら速いんだけど」

困った方だよね、と肩をすくめる。

さすがお兄様。なんというか、どこの世界でも夏休みの宿題の進め方には個人差があるんだね。

「ふふ、そうなんですね。課題を丸写しさせてくれ！　なんて言われたりしないのですか？」

「ああ、それはないな。そういう不正は嫌いな方だから。どうせやるのだから、早く手をつければいいのにと思うんだけどね」

クスクス笑いながら答えるお兄様。

ほほう。そこはさすがの王太子殿下ってとこか。ちょっと見直したわ。お兄様のように課題を進んでやってたら、もっと見直すところだったんだけど、残念！

「それはそうと、僕も今日の視察でクリステアにお土産《みやげ》を買ってきたんだ」

「まあ、お兄様も？」

まさかお兄様に限って梅干しの二の舞はない、と信じたいけれど。

「これなんだけど……バステア商会で見つけたんだ」

ごそごそと懐《ふところ》から取り出した、可愛らしくラッピングされた包みを手渡された。

よかったぁ。バステア商会って言うから、お兄様も梅干しやらっきょうとかだったらどうしようかと思った。らっきょうは切実に欲しいけど。だってカレーに合うもんね。

今度じっくり探してみようっと。

はっ！　いかんいかん、それより今は目の前の可愛い包みに集中だ。

「まあ、ありがとうございます。……開けても？」

「ああ、もちろんだよ」

「では失礼して」

丁寧に包みを開けると、淡いピンクの五弁の花びらが可愛い、小さな花を集めた髪飾

りが現れた。

「まあ！」

これは、桜だ。満開の桜をモチーフにした髪飾りだった。

「なんて、きれい……」

懐《なつ》かしい。前世の桜のイメージそのままだ。触れたら壊れてしまいそうな、繊細な作りのそれをそっと撫でる。

郷愁の念にかられ、それ以上声も出なかった私にお兄様が教えてくれた。

「これはヤハトゥールに咲く、サクラという花をモチーフに作った髪飾りなんだそうだ。クリステアによく似合うと思って選んだんだよ」

ヤハトゥールにも桜があるんだ。そっか、そうだよね、梅があるんだから、桜だってあってもおかしくない。

……いつか、こちらの世界でも満開の桜を見られるかな？

「ありがとうございます。とても素敵な髪飾り……嬉《うれ》しいです」

さすがお兄様。私の好みにクリーンヒットだ。貢《みつ》ぎ物《もの》というのは、こうでなくては。

ん？　いや、まあ、お兄様だから貢《みつ》ぎ物《もの》じゃないけど。女性への贈り物とはかくあるべきだ。うん。

……お兄様、モテるんだろうなぁ。

「つけてみるかい？」

「ええ、そうですわね。じゃあ、ミリア……」

「貸して。僕がつけてあげよう」

「あ……ありがとうございます」

ミリアにつけてもらおうと呼びかけたのを遮り、スッと立ち上がって私から髪飾りを受け取ったお兄様は、私の後ろに立って髪につけてくれた。

「似合いますか？」

「うん、思った通りだ。よく似合ってる」

「うふふ、ありがとうございます」

色気より食い気の私は、バステア商会にこんな素敵なものがあるだなんて気づきもしなかった。こんなところでも女子力で負けているなんて。反省せねば。

『くりすてあ、かわいい』

『うむ。主《あるじ》によく似合っておるな』

真白と黒銀が褒めてくれるので嬉《うれ》しさも倍増だね。

「ふふ、ありがとう。真白、黒銀」

その後は、視察の時の出来事を聞いて、兄妹水入らずの楽しい時間を過ごしたのだった。その間、真白と黒銀は私の傍《そば》からぴったりとくっついて離れなかったけど。うーん、私が髪飾りを貰《もら》って喜んでいたから、お兄様に手柄をとられたと思ってヤキモチ焼いてるのかな？

真白も黒銀も頑張ってくれたし、感謝してるからね？

おはようございます。モフモフに埋もれながらの目覚めは最高です。……ベッドに入ってよいとは許可してませんけどね？　どうやら私が寝付いた後に上がり込んでいる模様。私、寝相悪くないよね？　うっかり寝返りで蹴ったり殴ったりしていませんように。

「真白、黒銀、おはよう」

『目覚めたか、主《あるじ》。まだ起きるには早かろう』

『くりすてあ、おはよー……まだねてよう？』

……デジャブか。

「ううん、もう起きるわ。朝からやりたいこともあるし」

そう言うと、渋々と移動する真白と黒銀。聞けば、傍《そば》にいるだけで魔力を感じられるので、できるだけべったりしていたいらしい。……ちゃっかり魔力のつまみ食いってやってすかね？

まあ、魔力をぐんぐん吸い取られているってわけじゃないらしいから、いいんだけど。

「契約してから特に魔力をあげたりとかしてないんだけど、いいの？」

ふと疑問に思って聞くと、今のところ問題ないらしい。私の場合、おやつやご飯にも魔力が込められているし、普段のスキンシップで十分美味しい思いはしているそうな。

うーむよくわからん。セイの場合はどうなんだろうね？

今日の朝食は中華粥。

昨日の鳥塩スープを多めに作っておいたので、それを使ってお粥に。梅干しの種を抜いて叩《たた》いたものや、ゆで卵、ビッグホーンブルのすじ煮込みや肉そぼろ等々、色々なトッピングを用意してみた。お粥は見た目があっさりとしているので、男性陣には物足りなく思えたようだけど、トッピングで色々と楽しめるのがよかったらしく、最後は満足していたみたいだ。

朝食後、お兄様たちは馬で遠乗りに出かけると言うので、お弁当としてサンドイッチを作って渡した。一緒にどうかと誘われたけれど、丁重にお断りした。やることもあったし、誘われた途端、黒銀や真白から遠乗り反対の念話が入ったのだ。どこで聞き耳立てるんだか。

『主《あるじ》よ、馬なんぞに乗らずとも我の背に乗れば、目的地まで風のごとく、ひとっ飛びに駆け抜けるのだぞ？』

『くりすてあが、うまにのるの、はんたい。うまも、くろがねも、あぶない。おれにのればいい』

まあね。あんまり……いやちょっと……いや、うん。乗馬は苦手です。

馬に舐められているのか、行きたい方向に進んでくれません。振り落とされたりはしないんだけどね。

それに、淑女《しゅくじょ》は横乗りが基本だから、ちょっと怖いんだよね。

おっかなびっくり乗るから、馬にも気取《けど》られているんだろうなとはわかっていても難しい。

でもね、黒銀。確かに黒銀に乗ったら速そうだけど、きっと振り落とされるからね？

それから真白、心配はありがたいけど、ホーリーベアの真白に乗ったら、某《ぼう》むかし話の斧をかついだ某《ぼう》太郎さんみたいだから。まんま、おうまの稽古《けいこ》みたいだから！

「せっかくだけど、遠慮しとくわ」

黒銀や真白には悪いけれど、こちらも丁重にお断りした。二人からブーイングの嵐だったけど。

『そもそも、遠乗りはその行程を楽しむものであって、どうしても急ぎで遠出しなくちゃいけないなら、転移したらいいでしょう？』

そう言うと、二人とも「あっそうか」ってリアクションだった。まったくもう。

さあて、今日はこれから、夕食のためにアレの準備をしましょうかね。


調理場で食材を仕込んだあとに庭で作業を進め、昼下がりに休憩がてらお茶をすることにした。

お茶を淹《い》れてもらったら人払いをして、人型になった真白と黒銀を呼び出す。一人でお茶するのも悪くないけれど、せっかくだからね。

「はああ……水出しの緑茶は、旨味と甘みが一味違うわねぇ」

ほう、と若干年寄り臭い仕草で緑茶をすすり、ようかんを頬張る。

「我にはこの茶の良さがイマイチわからんな。まるで薬草茶のようではないか」

「……にがい」

二人とも、顔をしかめながら緑茶を飲む。

「あら、これでも茶葉の甘みがあるほうよ？　それにこの味だからこそ、ようかんに合うんじゃない。そのうち飲み慣れたら良さがわかるわよ、きっと」

二人の苦情もどこ吹く風、私はふた切れ目のようかんに手を伸ばすのだった。


夕方になると、お兄様たちが遠乗りから戻ってきた。

ミリアから連絡を受けた私は、真白と黒銀を自室に戻らせ、お兄様たちを出迎えるために玄関ホールへと向かう。

「お帰りなさいませ。遠乗りはいかがでしたか？」

「ただいま、クリステア。サンドイッチ、美味しかったよ。遠乗りは久しぶりだったから楽しかったけど、疲れたな」

笑顔で答えるお兄様の足取りはしっかりしていて、特に疲労しているようには見えない。うん、きっとレイモンド殿下絡みで疲れたんだろうな。

「クリステア嬢も一緒に来ればよかったのに」

「私、乗馬は得意ではなくて……」

「それなら俺が……」

「僕が乗せてあげたのに」

レイモンド殿下が何かを言いかけたのを遮り、お兄様がそう言ってくれた。

「ありがとうございます。でも、一人で乗れるよう練習いたしますわね」

多分、今乗ろうと馬に近づいたら、黒銀や真白の気配に怖がって逃げ出しちゃうんじゃないかな。

「それより、今日の晩餐《ばんさん》は少し早めに庭でいただこうと思うのですが、よろしいでしょうか？」

「庭で？」

「ええ、今日はできたてをすぐに召し上がってほしくて。趣向を凝《こ》らしましたの」

そう言って二人を庭へ誘導した。

ミリアに頼んで、お父様とお母様も呼んでもらっている。

庭にあるそれを見て、お兄様は不思議そうな顔をした。

「これは……今朝までなかったと思うけど？」

「ええ、今日こしらえましたの」

作ったのは窯《かま》。土魔法でちょいと作ってみたのだ！　昼間に試しに使ってもみたし、ばっちりです！

午前中に野菜の仕込みをしている間に生地を作ってもらい、発酵させて丸く平たく成形しておいたものをインベントリから取り出す。

「これは、パンか？」

「みたいなものですわ」

生地にトマトソース、チーズ、バジルっぽいハーブを載せてっと。はい。ピザです。マルゲリータです！　さすがにモッツァレラチーズはないので、なんちゃってマルゲリータだけど、試作ではちゃんと美味しかったのでいいのだ！

準備ができたら、これまた急ごしらえで作ったピール？　ピーラー？　なんだっけ、ピザを載せるスコップみたいなアレを使って窯《かま》にインしてもらいます。

試作の時に自分でやろうとしたら、シンに「危ないだろ！」って怒られました。しょぼん。自分でやってみたかったのに。

気を取り直して、焼き上がりのタイミングを見計らって、取り出してもらえば完成です！

ローラーカッターはないので、ナイフでザクザクッと切り分けて、と。さあ、いただきましょう！

「さあ、どうぞ。あっ！　お行儀が悪いですが、これは手にとってそのまま食べるものですから、お兄様とレイモンド殿下はちゃんと手を洗ってくださいね！」

念のため、皆の手にクリア魔法もかけておこう。

ささてさて、いっただっきまーす！

「はふっ、熱っ！　でも美味しいですわ！」

「……っ！　はふっ！　これは美味《うま》い！」

一口食べた途端、目を見開いて驚きつつも、食べる手は止まらないレイモンド殿下。

「熱っ！　ふう、ふう。……っん、いいね、美味しいっ！」

お兄様も熱々を頬張って食べ進める。

「ふふ、美味しいでしょう？　まだまだ焼きますから、たくさん食べてくださいね？」

もちろん、焼くのはマルゲリータだけではない。照り焼きにした鳥肉にマヨネーズをかけて焼いたり、ソーセージっぽいお肉に辛めのスパイスを使ったのを具にしたり、ほくほくジャガイモにカレーペーストを載っけたり。

たくさん焼いたけど、あっという間になくなった。護衛の皆さんにも交代で食べていただいたら、とても嬉《うれ》しそうにしていたので安心したよ。こんな美味しそうな匂いのする中で、護衛中だからって食べられないのはかわいそうだもんね。

お母様は、「そのままかぶりつくなんてはしたない！」とお部屋で食べると言い出したので、色んな味を一切れずつ届けてもらったのだけど、後からお母様付きのメイドがおかわりを取りに来ていたので気に入ったのだろう。お母様ったらもう、焼きたてが美味しいのに。

それぞれの味の最後の一切れは、お父様とお兄様、レイモンド殿下で奪い合いになるかと思ったけれど、各々好みの味が違ったらしく、譲り合って仲良く食べていた。よかった。


「ふむ。これが『まるげりーた』とか言うぴざか」

「美味《うま》いが、ちと淡白すぎるの。我はこの『てりやきちきんまよ』とやらが気に入った」

「おいしいねー」

「うん、それもおいしいよー」

ピザパーティーの後、いくつかインベントリに入れておいたのを真白と黒銀にも食べてもらった。やっぱり肉食だけに、そっちのが好みかー。

あーあー真白ったら、ほっぺたいっぱいにして食べなくても……可愛いけど。

口の周りがソースだらけなので、濡らしたおしぼりで拭《ぬぐ》ってあげる。……わたしゃ、おかんか。

第十章　転生令嬢は、名誉挽回する。

「そろそろ王都へ戻ろうと思う」

ある日、昼食後のデザートとお茶を楽しんでいると、レイモンド殿下が私に告げた。

「まあ、そうなのですか。ずいぶん急なお話ですね」

休暇中ずっといるのかと思っていたのだけど。

でも、視察という名目で我が家に来たにしては、街へお忍びに行ったくらいで、後は遠乗りか我が家で本当にのんびりしてただけのような？　いいのかな？

まあいいか。他にも私の与《あずか》り知らぬところで、何かしていたのかも……いや、多分してないけど。

と、とにかく、これで真白たちも部屋から出せるようになるよね？

今はレイモンド殿下に知られないために、邸内にいる時は自室から出ないように言い聞かせている。外へは転移で自由に出かけてもいいよ、とは伝えているけど、基本私から離れないように遠出は避けているみたい。

「実はね、王妃様から連絡が入ったんだよ。いい加減城へ戻りなさい！　って」

ぼんやりと考えていると、お兄様が苦笑まじりでこそっと教えてくれた。

まあねぇ、夏休みが始まってすぐにお友達のお家に泊まりっぱなしって考えたら、親としては心配にもなるだろう。ましてや王太子だ、臣下の家に入り浸《びた》りというのも、どうかと思うし。

「王妃様はクリステアが考案したお菓子のレシピのファンなんだ。なのに、レイモンド殿下ばっかり美味しいものを食べてずるい！　って怒っているらしいよ？」

クスクスと笑いを堪《こら》えきれないお兄様。

王妃様？　え？　王妃様が私のお菓子のファンとか、何の冗談ですか!?

「おい、ノーマン。聞こえてるぞ」

ぶすっとした表情のレイモンド殿下。

「ゴホン。まあ、そんなわけで、母の機嫌をとるためにクリステア嬢の作った菓子を土産《みやげ》にしたいんだが、何か作ってもらえないだろうか？」

「……え？」

私が？　王妃様のためにお菓子を!?　ちょっと、何を言っているのかワカリマセン。

「頼む！　このまま手ぶらで城へ戻れば、母からずっとネチネチと言われるに決まってる！」

レイモンド殿下に頭を下げられてしまっては、否とは言えず。梅干しのお土産《みやげ》をいただいた件もあるので、引き受けることにした。王族相手に、お菓子を作る作らないで揉《も》めるなんてこととしたくないものね。しかし、ドウシテコウナッタ？

聞けば、レイモンド殿下は明日の午後には王都へ帰るとのこと。

「……てことは、もう時間がないじゃないの」

自室で、今まで作ったお菓子のレシピを眺めながら思案する。

むぅぅ。せっかく食べていただくのなら、既存のレシピのお菓子より、新作のほうが喜ばれるだろうしなぁ。貴族というものは流行に敏感だし、さらに言えば流行の発信源となるためにいつも新しい話題の種を探している。それが王族となれば、なおさらだ。

「うーん。まだ作ってなくて、王族が初めて食べて自慢できそうなお菓子って、何だろう？」

『さて何であろうな。主《あるじ》の作るものはどれも美味《うま》いので、何を作っても喜ばれるであろうよ』

『くりすてあのおかしは、おいしいからだいじょうぶ』

黒銀も真白も、嬉《うれ》しいことを言ってくれるじゃないの。でも全く参考にならないよ……

王妃様のための新作スイーツ……悩みに悩んだ結果、凝《こ》ったものを作るのはやめようという結論に。

王族相手だから豪華《ごうか》なものを、なんて考えたけど、そんなものを作る技術なんて私にはなかったよね！　それに、王妃様が食べたであろうお菓子は、プリンやフレンチトーストなどの素朴なもののはずだ。だったら、シンプルでもいいから、王妃様に喜ばれるお菓子を目指したほうが良いだろう。

女性受けするスイーツで、今すぐ手に入る食材で作れるもの。

まだ暑い日も多い季節だから、見た目に涼しげで華やかな、フルーツたっぷりの寒天スイーツはどうだろう？　と考えたけれど、現在、入荷自体が困難な寒天を使うのはまずいよね。

てなわけで、安定供給されるまでは対外的には作らないことにした。だって私が食べられなくなるのは本末転倒だもの。私は私の欲望に忠実でありたい！　キリッ！

……となると、手に入りやすいものでシンプルなデザートを考えなくちゃならないわけで。

「今はまだ暑いけれど、秋に向けてのスイーツを提案するのはどうだろう？」

そうと決まれば、早速作りましょうかねっと。

「ちょうど追熟が終わった頃でよかったわぁ」

調理場でドドン！　と取り出したのは、深いグリーンの皮に、内側は鮮やかなオレンジ色の野菜。そう、かぼちゃだ。かぼちゃは夏野菜だけど、収穫して追熟しないと水っぽくて美味しくない。以前収穫しておいたものがそろそろ食べ頃になったので、それを使うことにした。

かぼちゃを丸ごと蒸してからカットし、皮や種を取り除いたら、潰《つぶ》して裏ごしする。砂糖や蜂蜜《はちみつ》を加えて甘さを調整して、なめらかさを出すために生クリームを少し加えようかな。清潔な布巾（私は念のためにクリア魔法も使った）で適量を包み、茶巾しぼりにする。

これで、かぼちゃの茶巾しぼりの完成だ。

……シ、シンプルにしすぎたかな？　見た目も地味だし……あ、そうだ。

完成した茶巾しぼりを手に取り、ヘラ代わりのナイフでスッスッと縦になぞるように切り込みを入れ、形を整える。かぼちゃの皮をちょっとだけ切り取り、その上に差し込んだ。

地味目な茶巾を、可愛くミニかぼちゃにしてみた。うん、これなら少しは可愛いし、見栄えがいいかな？　でも、やっぱりこれだけじゃ足りないかなぁ、うーん。

悩んだ末に、かぼちゃをスイートポテト風に焼いたものや、かぼちゃプリンなどを作りまくり、かぼちゃ尽くしのスイーツを完成させてしまったのだった。

正直やりすぎた。しばらくかぼちゃを使うのは控えよう。


翌日、レイモンド殿下が王都へ戻る時間になった。

昨夜の晩餐《ばんさん》は、レイモンド殿下のリクエストでカレーに。前と同じものだと（私が）面白くないので、キーマカレーにしてみたら、これも好評でした。

そして今日の朝食はおにぎりとお味噌《みそ》汁に卵焼き。今日の卵焼きは甘めの味付けにしてみたら喜んでいた。レイモンド殿下って、子供舌なのか、そうでないのかよくわからん人だなぁ。何を出しても美味しそうに食べてくれたのでそれはよかったけれど。

「この度は、世話になったな」

離れにある転移の間の続き部屋で、レイモンド殿下はエリスフィード家の面々にお礼を言った。

「もうお帰りとは残念ですな。あまりお構いもせず、申し訳ありませんでした」

お父様は、そう言いながらも嬉《うれ》しそうだ。ようやく帰るからな、これで思う存分和食が食べられる！　って、内心小躍《こおど》りしているに違いない。

「そんなことはない。非常に有意義な時間を過ごせたぞ。ここへ来て本当によかった」

こちらもにこやかなレイモンド殿下。さっき大量のかぼちゃスイーツを渡したので、王妃様のネチネチ攻撃を回避できると胸を撫で下ろしているのだろう。

「クリステア嬢、今回は色々と心尽くしのもてなし、感謝する」

「いいえ、たいしたものをお出しできずに、失礼いたしましたわ」

「初対面で不用意な発言をしてすまなかった。噂《うわさ》については、俺が責任を持って撤回《てっかい》するからな」

噂《うわさ》？　……って、悪食令嬢《あくじきれいじょう》のことか。いやいや、王太子殿下に庇《かば》われたら、火に油を注いで余計に悪化しそうなので、そっとしておいていただけるほうがありがたいのだけど。

「いいえ、レイモンド殿下、お気になさらないでください。殿下がそのようなことに煩《わずら》わされてはいけません」

「クリステア嬢は、優しいな。美味《うま》い料理を考案する才能があるのに謙虚なのだな」

「いえ、そんな、褒めすぎですわ」

なんだこの展開。どうしてレイモンド殿下からうっとり見つめられてるんですかね!?

うひゃあ！

なんだかんだ言ってもレイモンド殿下はイケメンだし、そんな風に見つめられるとドキドキしてしまうじゃないか！　前に黒銀が、レイモンド殿下は私に気があるんじゃないかって言っていたのを思い出して、さらに恥ずかしくなってしまった。い、いかん。王太子妃候補になるのは回避せねば！

「あ、あの！　レイモンド殿下！」

「え、あ、な、なんだ？」

いきなり話しかけた私に驚いたのか、レイモンド殿下は動揺したようだが、構わず話を続ける。

「恐れながら殿下、私は……レシピを考案するだけではなく、実際に作るのが好きなのです。今回も私が手ずから作ったものもございます。貴族の令嬢が料理人の真似事《まねごと》をするなど恥ずかしいとお思いかもしれませんが、これからもやめるつもりはございません！」

「クリステア！　貴女《あなた》、何を……！」

慌てて制止しようとするお母様を無視して一気に暴露する。どうだ、使用人と一緒になって働く公爵令嬢だ、さぞやドン引きするだろう。

「……クリステア嬢」

「……はい」

「素人料理を食べさせるとは、なんたる無礼！」とか言われちゃうかな……まさか、それで不敬罪なんてことにはならないと思うけど……

「クリステア嬢は、素晴らしいな。あんなに美味《うま》い料理を考案し、さらに作れるとは……クリステア嬢が手ずから作った料理を食べられたなんて、俺は幸運だ」

「……はい？」

あれ？　おかしいな。幻滅されるはずが……

「そうなんですの！　この娘は使用人とも分け隔《へだ》てなく接する優しい心の持ち主で、才能溢れる自慢の娘なのですわ！」

……お母様ェ。なんたる手のひら返し！　変わり身の早さに唖然《あぜん》としてしまった。

しかし、やばい。自分を貶《おとし》めて幻滅させるつもりが、余計に印象良くしてしまったのでは……

「クリステア嬢、よければまた美味《うま》い料理を……」

「レイモンド殿下、そろそろお時間ですよ」

私に近づこうとしたレイモンド殿下の前に、立ち塞《ふさ》がるようにしてお兄様が間に入ってくれた。ホッ、助かった。

「……無粋《ぶすい》だな、ノーマン」

「何のことでしょう？　早く王妃様にお菓子をお届けしなくてはならないのでは？」

ギロッと睨《にら》むレイモンド殿下のことなど意に介さず、平然と告げるお兄様。

「くっ……では先に行くからな！　お前もちゃんと後から来いよ！」

「もちろんです」

しれっとした表情で答えるお兄様。

休みはまだ残っているから、お兄様まで王都へ戻る必要はないと思うんだけどな。お兄様と学園のこととか、もっとお話ししたかったのに、残念だなぁ。

「では、これで失礼する。クリステア嬢、また来ても良いだろうか？」

……えーと、これ「良いよ」って言っちゃダメなやつだよね？

チラッとお父様に視線を向けると「うむ、任せておけ」と言わんばかりに頷き、ズイッと前へ出た。

「殿下。同じところばかり視察をしていてはいけませんぞ。見聞のために、他の領へも訪れるのがよろしいでしょう」

「いや、あの」

ズゴゴゴ……と擬音《ぎおん》が聞こえてきそうな迫力で、お父様がさらに進み出た。

レイモンド殿下は、さすがにこの鉄壁を乗り越えられないようだ。

「王妃様をお待たせしてはいけません。ささ、転移の間へ」

お帰りはあちら、とばかりに朗《ほが》らかに誘導するお父様。

「あ、ああ……。ありがとう」

チラチラと残念そうに振り返りつつ転移の間へ向かうレイモンド殿下を、ニコニコと見送る私なのだった。

……パタン、と扉が閉じられると、転移の間では王都への道が繋《つな》がったのだろう、大きな魔力の流れが生じた。そして、しばらくして魔力が消える。

「ふう」

やれやれだ。

「クリステア、お疲れ様。今回は色々と面倒をかけたね」

「いいえ。ちゃんとおもてなしできたのか心配ですわ」

「大丈夫。クリステアには感謝してるよ。あとは、心配さえかけなければ良いんだけどね」

うっ、確かに。今回、お兄様にはかなり心配をかけたなぁ。

「申し訳ありません、気をつけますわ」

しおしおと答える私の頭を、ポンポンと撫でるお兄様。

「そうしてくれるとありがたいな。離れている間、不安で仕方ないよ」

じゃあ、とお兄様も続いて転移の間へと移動した。それから先ほどと同じように魔力の流れが生まれ、消失する。

はあ、なんだかさみしくなっちゃったな。

「ご苦労だったな、クリステア。どうした？　元気がないようだが」

お父様が心配そうに私を見る。

「なんだか気が抜けてしまって」

「殿下がいらっしゃる間は気の休まる暇がなかっただろうからな。其方《そなた》はよく頑張った」

「いいえ、そんな。たいしてお役に立てませんでしたわ」

お父様に褒められるなんて珍しい。嬉《うれ》しいけど、何かありそうで怖いよ？

「むしろ殿下に対しては、役に立たないと思わせておいてほしかったがな」

……まさか、役立たずアピールをしろと言われるとは思わなかったわ。

「もう、貴方ったら。クリステアは良くやったわ。あのタイプは胃袋を掴《つか》めばよかったのね」

ふふふと喜ぶお母様。え、掴《つか》んだつもりはありませんけど？

「王妃様や王太子殿下のお墨付きをいただいたのだから、もう悪食《あくじき》令嬢なんて陰口を叩《たた》く愚《おろ》かな連中は減ると思うわ。よかったわね、クリステア」

悪評が減るとわかり、お母様は一気に機嫌がよくなった。それは確かにありがたいけれど、レイモンド殿下を狙うご令嬢方のヘイトを一身に受けることになりそうな気がして怖いです。

「これからも殿下の喜びそうなレシピをたくさん考えなさいね。そしてゆくゆくは……ふふふ」

お母様は足取り軽く、離れから出ていったのだった。

「……お父様、回避する方法はございますか？」

「今は回避しようなどと考えるのは無駄だろう。それよりも、また殿下に料理を求められたときに備えて、新作のレシピを考えておくほうが良いと思うが」

「……はい」

一難去ってまた一難。私の料理が認められたのは嬉《うれ》しいけれど、レイモンド殿下への対応が裏目に出るとは。……とりあえずお父様の言う通り、新作レシピを考えることにしよう。

お母様の張り切りように怯《おび》えつつも、目の前の問題からそっと目を背《そむ》ける私なのであった。

自室へ戻ると、真白と黒銀が待ちかねたようにやってきた。

『くりすてあ、おつかれさま！』

『主《あるじ》、ご苦労だったな。今日はゆっくりくりするといい』

「ありがとう……やっとのんびりできるわね」

二人に挟まれ、もふもふを堪能しながら一息つく。

はあ……短い間に色々あったけど、一段落してとりあえず安心した。

聖獣と契約してもふもふ生活が楽しめるようになったし、悪食《あくじき》令嬢なんて悪評も回避できそうだ。王太子妃候補問題は先送りになったけど……今は考えないでおこう。

これからも、美味しいご飯と素敵なもふもふに囲まれた生活を送るべく、頑張ろうっと。

「ふふ……」

『主《あるじ》、どうした？』

『なあに？　くりすてあ？』

「なんでもないわ。二人とも、これからもよろしくね？」

『うん！』

『無論だ』

ああ、幸せだなぁ。幸福感に包まれながら、私はもふもふを堪能するのだった。

書き下ろし番外編

侍女ミリアのひとりごと

私の名はミリア。

ドリスタン王国でも高位の貴族として名高いエリスフィード公爵家の侍女でございます。

私の実家は子爵家なのですが、決して裕福とは言えない貧乏貴族です。

貧乏子だくさんとはよく言ったもので、私はその家の八人姉妹の五女として生まれました。

ドリスタン王国では一夫多妻も認められておりますが、私の両親は大変夫婦仲が良く、お妾《めかけ》さんもおりません。ただただ、跡取り息子欲しさに両親が頑張った結果です。

その甲斐あって、九人目にしてやっと跡取りに恵まれましたが、八人もの娘がいると、とてもお金がかかります。ええ、本当に……

幸いにして八人姉妹皆仲が良く、両親待望の跡取りが生まれたことを心から喜び、可愛い弟が将来家督を継ぐ際に資産がない、なんてことが起こらないように家族一丸となり慎ましく暮らしておりました。

使用人は必要最低限、できることは極力自分で、ドレスは上の姉のおさがりをお直し……等々、おかげ様で使用人がする大抵のことは自分でこなすことができます。

そんな私も一応は貴族の娘ですから、多少は魔力もありますし、ちょっとした魔法なら使えますので、十歳になった年に魔力を持つ者誰にでも門戸を開いているアデリア学園に入学いたしました。

アデリア学園では、魔力を持つ者に正しい魔力や魔法の扱い方を指導し、また将来的に国の役に立つため、在学中は魔法以外の学問や貴族のマナーを在校生全員が学びます。

アデリア学園では魔法をはじめとした基礎的なことを初等部の三年間で学び、その後は適性によって専科へと進学する教育課程となっているのですが、中には魔法を上手く扱えず適性外になった者や家庭の事情など様々な理由で学園を去る者もおります。かくいう私も初等部で学園を去った者の一人でした。

私の後に弟妹四人が控えていますから、必要最低限の教育を受けて初等部を卒業後、どこかへお嫁に行くか、行儀見習いとして奉公に出るつもりでした。

姉達も在学中に結婚相手を見つけ、初等部を卒業後、十五歳から成人するまでの間、せっせと内職をして嫁入り支度の資金を貯めていたのを覚えています。

私は生来のんびりした性格だったこともあり、在学中に婚約者を見つけることができませんでした。

私に言い寄る上級生の方も何名かいらっしゃいましたが、どなたもすでに婚約者がいらっしゃる方ばかり。仲睦まじい両親を見て育った私には妾《めかけ》という選択肢はありません。

卒業を控え、今後はどうしたものかと思い悩んでいると女子寮の寮監のミセス・ドーラから「エリスフィード公爵領でお嬢様のお世話役として働かないか」とお話をいただいたのです。

寮の廊下で腰を痛めて動けなくなっていたところに偶然通りかかってお助けして以来、ミセス・ドーラは、私にとても目をかけてくださっているのです。

以前から、我が家の事情も打ち明けた上で卒業後のことを相談していたので、声をかけてくださったみたいです。本当にありがたいことです。

ミセス・ドーラの話によると、エリスフィード家のご令嬢であるクリステア様はこの新年、五歳になったばかりでありながら非常に魔力量が多く、魔力暴走の危険があるため王都を離れ、領地のお屋敷で生活しているそうです。

周囲は皆大人ばかりで歳の近い者がおらず、貴族の子女に話し相手になってくれないかと声をかけてはみたものの、魔力暴走の恐れがある子供の相手は難しいと断られていたそうです。

エリスフィード公爵家と言えば、ドリスタン王国でもトップクラスの地位に君臨する貴族です。

普通なら自分の子を取り巻きにして少しでも取り入ろうとするものですが、魔力暴走の恐れがあるとなれば話は別です。

うっかり巻き込まれようものなら、少しの怪我では済まないことだってあるのですから。

それに、エリスフィード家のご令嬢ともなれば、次期王太子と目《もく》されていらっしゃるレイモンド殿下の婚約者候補となってもおかしくないお立場で、他のご令嬢からしてみればライバルなわけです。魔力暴走で自滅しないかと期待している方は多かったのではないでしょうか。

そんなわけで、ミセス・ドーラは「できるだけ年若く、しかし最低限の教養は身についており、さらに欲を言えばクリステア様の面倒を見ることができる、そんな娘はいないだろうか」と公爵夫人のアンリエッタ様からご相談されていたそうなのです。

そこで、ミセス・ドーラは初等部で卒業予定の私を思い出されたとのこと。

子爵家出身のため家柄に問題がなく、八人姉妹の中間で歳上・歳下とも上手く接することができ、学園でも後輩の面倒見もよく、身のまわりのことはひと通り自分でこなせるどころか、お小遣い稼ぎで寮のメイドのお手伝いをしていたということもあり、適役だと思ったそうです。

弟妹の世話をしていましたからクリステア様のお相手をするのは問題ありませんし、そんな幼いうちから魔力暴走に悩まされて領地に引きこもらざるをえない境遇のクリステア様を思うと本当に気の毒で……私は、少しでも幼いお嬢様をお助けできれば、と思ったのです。

それに……ミセス・ドーラからおよそのお給金の額を聞いて驚きました。

学園の初等部を卒業したての小娘に支払うには破格と言ってもいいほどでした。

このまま学園を卒業して実家で仕立て屋の内職仕事などをしてコツコツ頑張っても、到底稼げる額ではありません。贅沢《ぜいたく》をしなければ、実家に仕送りだってできるはずです。

私は一も二もなくエリスフィード家にお仕えしたいとミセス・ドーラに答えました。

ミセス・ドーラはすぐさまエリスフィード公爵家へ手紙を出し、数日後にはご夫妻直々の面談をすることになったのでした。

あまりの急展開に、私は心の準備をする間もないまま、当日を迎えたのでした。

面談の日、私はミセス・ドーラの引率でエリスフィード公爵家が寄越した迎えの馬車に揺られていました。

こんな立派な馬車に乗ったことなんてない私は、汚したりしないかと冷や冷やしました。

「ミリア、今からそんなに緊張していてどうするの。エリスフィード公爵ご夫妻は怖い方ではありませんから、気負わずいつも通りご挨拶したらいいんですよ」

ミセス・ドーラは緊張してガチガチになっている私を見てクスクスと笑いました。

「いえ、あの……こんな立派な馬車でお迎えいただいたりしていいのかしらと思いまして」

「あらまあ。お屋敷に着いたらこんなものではなくてよ。エリスフィード家にお仕えするなら早く慣れなくてはね」

「え……？」

そんな会話をしながら到着したお屋敷を見て、私は一生慣れることなんてないんじゃないかと思いました。なんて立派なお屋敷なんでしょう。

立派なお屋敷や洗練された所作の家令や使用人の方々を見て「ああこれは、不採用だことをしたのは初めてだったので大変驚きました。

お倒れになった後、クリステア様は人が変わったように活発になりました。

屋台の少年を料理人として雇い入れるようにお館様に嘆願し、さらにはその少年と一緒に料理をするようになったのです。

深夜、瓶《びん》に詰めたラースを棒でついているのを目撃した時には、何かおかしな魔物が憑いたのではないかと怯《おび》えたものです。

そんなクリステア様が作られた料理は不可思議ではあるものの、とても美味しく料理長をはじめとした皆が認めるものでした。そのレシピのいくつかは商業ギルドから売りだされ、王都でも人気になっているそうです。

最近のクリステア様は以前と違い、とてもいきいきと楽しそうに魔法学の権威であるマーレン師から魔法を学び、色んな魔法を次々と習得されました。

私は学園にいたので、あんな風に次々と大掛かりな魔法を習得できる方は稀《まれ》だとわかります。

クリステア様は将来きっと素晴らしい功績を残されるに違いありません。

私はそんなクリステア様の侍女であることをとても誇りに思っておりますが、あまり心配をかけないでほしいな……とも思っていたりするのです。内緒ですけれどね。

RC Regina COMICS
自称 悪役令嬢な婚約者の観察記録。
1~3
大好評発売中!!!!!
原作＝しき
漫画＝蓮見ナツメ
Presented by Shiki & Natsume Hasumi
アルファポリスWebサイトにて
好評連載中!!
アルファポリス 漫画
検索
B6判 / 各定価：本体680円＋税
＼異色のラブ(?)ファンタジー／
待望のコミカライズ!
優秀すぎて人生イージーモードな王太子セシル。そんなある日、侯爵令嬢バーティアと婚約したところ、突然、おかしなことを言われてしまう。
「セシル殿下！私は悪役令嬢ですの!!」
……バーティア曰《いわ》く、彼女には前世の記憶があり、ここは『乙女ゲーム』の世界で、彼女はセシルとヒロインの仲を引き裂く『悪役令嬢』なのだという。立派な悪役になって婚約破棄されることを目標に突っ走るバーティアは、退屈なセシルの日々に次々と騒動を巻き起こし始めて――？

本書は、2018年7月当社より単行本として刊行されたものに書き下ろしを加えて文庫化したものです。


この作品に対する皆様のご意見・ご感想をお待ちしております。

おハガキ・お手紙は以下の宛先にお送りください。

【宛先】

〒150-6008 東京都渋谷区恵比寿4-20-3 恵比寿ガーデンプレイスタワー 8F
（株）アルファポリス　書籍感想係

メールフォームでのご意見・ご感想は右のQRコードから、
あるいは以下のワードで検索をかけてください。

アルファポリス　書籍の感想　検索

ご感想はこちらから

レジーナ文庫

転生令嬢《てんせいれいじょう》は庶民《しょみん》の味《あじ》に飢《う》えている 1

柚木原《ゆきはら》みやこ

2020年4月20日初版発行

文庫編集－斧木悠子・宮田可南子
編集長－太田鉄平
発行者－梶本雄介
発行所－株式会社アルファポリス
〒150-6008 東京都渋谷区恵比寿4-20-3 恵比寿ガーデンプレイスタワー8階
TEL 03-6277-1601（営業）　03-6277-1602（編集）
URL https://www.alphapolis.co.jp/
発売元－株式会社星雲社（共同出版社・流通責任出版社）
〒112-0005 東京都文京区水道1-3-30
TEL 03-3868-3275
装丁・本文イラストーミュシャ
装丁デザインーAFTERGLOW
（レーベルフォーマットデザインーansyyqdesign）
印刷－中央精版印刷株式会社

価格はカバーに表示されてあります。

落丁乱丁の場合はアルファポリスまでご連絡ください。

送料は小社負担でお取り替えします。


ISBN978-4-434-27310-0 C0193